支持单位

成都市文学艺术界联合会

出品单位

四川师范大学文学院
成都市李劼人研究学会

四川新文学大系

诗歌编　·第三卷·

总　　编　　王嘉陵　刘　敏
副总编　　张义奇　曾智中

本编主编　　段从学　王学东
副 主 编　　邱域埕　蒲小蛟

四川文艺出版社

图书在版编目（CIP）数据

四川新文学大系. 诗歌编：共四卷 / 王嘉陵，刘敏
总编；张义奇，曾智中副总编；段从学，王学东主编；
邱域埕，蒲小蛟副主编. — 成都：四川文艺出版社，
2024.8
ISBN 978-7-5411-6545-0

Ⅰ. ①四… Ⅱ. ①王… ②刘… ③张… ④曾… ⑤段
… ⑥王… ⑦邱… ⑧蒲… Ⅲ. ①中国文学—现代文学—
作品综合集—四川②诗集—中国—现代 Ⅳ. ①I218.71

中国国家版本馆 CIP 数据核字（2023）第 216283 号

SICHUAN XINWENXUE DAXI · SHIGEBIAN（DISANJUAN）

四川新文学大系·诗歌编（第三卷）

总编 王嘉陵 刘 敏 副总编 张义奇 曾智中

本编主编 段从学 王学东 副主编 邱域埕 蒲小蛟

出 品 人 冯 静
策划组稿 张庆宁
书稿统筹 宋 玥 罗月婷
责任编辑 陈雪媛 张雁飞
封面设计 魏晓舸
版式设计 史小燕
责任校对 段 敏 付淑敏
责任印制 桑 蓉 崔 娜

出版发行 四川文艺出版社（成都市锦江区三色路 238 号）
网 址 www.scwys.com
电 话 028-86361802（发行部） 028-86361781（编辑部）

邮购地址 成都市锦江区三色路 238 号四川文艺出版社邮购部 610023
排 版 四川胜翔数码印务设计有限公司
印 刷 成都东江印务有限公司
成品尺寸 148mm × 210mm 开 本 32 开
印 张 40.125 字 数 810 千
版 次 2024 年 8 月第一版 印 次 2024 年 8 月第一次印刷
书 号 ISBN 978-7-5411-6545-0
定 价 218.00 元（共四卷）

编选凡例

一、本书收录 1915—1949 年间的四川籍诗人及非四川籍诗人寓居四川期间创作的现代新诗。

二、本书所谓川籍诗人，包含两种情况：第一是本人出生地为四川者；第二是虽出生于外省，但后来定居四川者。

三、极个别生平无法考辨，但从刊物出版等情形，可断定为川籍诗人者，亦酌情收录。

四、本书所说的"四川"，包含当时曾经是独立存在的行政区域，中华人民共和国成立后并入四川的西康省，以及当时属于四川，但现在是独立行政区域的重庆市。

五、酌情收录通俗新诗作品，但不收录同时期的古体诗、散文诗和民间歌谣。

六、对成就知名度较大，且其诗作出版流传较为广泛的诗人，挑选稍严，以收录精品和代表作为原则；对知名度不高，但确有特色的诗人，则稍为放宽尺度，以便反映现代四川新诗创作的历史面目和成就。

七、部分曾在 1949 年之前发布新诗作品，但主要成就和影响集中在 1949 年之后的当代诗人从略。

八、除了少量因故未能找到初版本者，本书选录作品，以最初发表或出版的版本为依据。部分原刊字迹模糊者，也从单行本或其他版本转录。

九、原书、原刊字迹不清等特殊情形，以页末注释等形式加以必要的说明。

目录

李唯建

| 作者简介 |　　李唯建（1907—1981），四川成都人，原名李惟建，笔名惟建、李唯建、四郎等。1924 年入上海青年会中学读书，翌年入清华大学西洋文学系。1926 年开始文学创作，在《新月》《诗刊》《贡献》《人间世》等刊物上发表新诗、译诗和译文。1933 年任中华书局英文编辑，兼办函授学校。1935 年冬返成都，创办《大华报》。中华人民共和国成立后，历任四川省文史馆研究员、四川省政协委员等职。著有诗集《生命之复活》，通信集《云鸥情书集》，长诗《影》《祈祷》《吟怀篇》，译著《英国近代诗歌选译》《杜甫诗歌四十首》等。

宇宙的回音

一

上帝悄悄的放我在世上，
我便伸出小小的头四望，
周围全是光亮，全在歌唱，

快乐的空气不息的荡漾。

我头上横跨着一条长虹，
忧愁未曾进过我的胸中；
花朵们正在拼命的发红，
满空中尽是狂蜂和飞虫。

人们的心都在那里微笑，
豺狼停了叫，虎儿息了啸；
仁慈将世界的一切围绕，
万汇都在跳跃，全是微妙。

二

呀，我悲伤！悲伤来自何处？
啊，你为何来得这样急遽？
快乐呵，你为何从此长去，
毫不留恋的给我点顾虑？

人生也不过是一个幻梦，
正像那高出云霄的梧桐，
不久会遇着凛冽的朔风，
最终吹的它与枯木相同。

但是抑郁仍在我的心中，
它像一条有刺有毒的虫，
在我的肺腑里胡乱的冲，

霎时我的生命便会消融。

三

于是来了阵惊人的声音，
它不是鸣琴，也不是呻吟；
它深深的发自人们的心，——
永永的回响，决不会消沉。

五千万的岁月都在静听，
无数的列星也都在细聆，
听这芬馨而艳丽的疾霆，
发自宇宙的浑沌的无形：

大地上长遍了爱的花朵，
树枝上结满了美的水果，
尘寰中尽是同情的泪颗，
人们都在快乐树下静坐。

四

呀，世界，我曾经错认你了！
我有耳朵，但听不见鸣鸟；
我有眼睛，但看不见曙晓，
呀，世界，我曾经错认你了！

现在我了解人生的奥义，

和人在世间应当做的事，
什么是智慧，什么是眼泪，
偌大世界演的是什么戏。

我沉默的望着冥冥苍穹，
缓缓的跪在低湿的草中，
唱出首祈祷歌寄给东风，
直等我这样活泼的儿童，
变成了憔悴苍白的老翁，
但我的生命仍然是青葱——
因为我的心永远是鲜红。

十七年十月三十日。

选自 1928 年《新月》第 1 卷第 9 期

祈 祷

其 一

美丽的死，美丽的泪，美丽的生，
　　一切都美丽，我在美丽中过活，
　　我用我的天真捧着我的瓦钵，
向人类乞泪，我又替人踏荆榛，
在荒芜的人心中不息的耕耘——
　　啊上帝呀，我的心痛，我的心渴，

我要抱着你的圣水尽量的喝，
我要亲你的唇学得歌唱之声；
我爱你，上帝，我的灵魂哟爱你，
　　你，我的生命，我的神，我的一切——
可怜我哟，请可怜我；这双眸子
　　已经因泪而萎黄了我的年岁；
谁敢说死花不再由土中爬起？
　　谁敢说美妙音乐从此便长逝？

其　二

记得从前有一次我到市场去，
　　在那里一切奇怪的东西都有，
　　我想天上的太阳月亮和北斗
一定放置在那些货柜的高处；
所以我便很愉快的毫不忧虑，
　　我便东寻西找那"不朽"，
　　有几回险被那些虚伪所引诱，
最后仍没有寻着"不朽"的住处：
想必是眼花了，想是错走路了！
　　不然那什么东西都有的市场，
这样个简单的"不朽"定不能少；
　　我发疯似的走了不少的地方，
但还是不成，只是跟着道儿绕，
　　同时太阳已经没落，到处昏黄。

选自 1931 年《诗刊》第 1 期

箭

何处来的这一根箭，
　　正射进了我的灵宫，
我连忙拿一条手绢
　　堵上这偌大的窟窿——
但是鲜血仍然涌喷，
　　一条绸绢早已红透——
　　　我忍痛，泪都不敢流
　　　　悄悄的问：
这究竟是什么箭头，
"正是你应得的悲忧。"

选自 1935 年《文学时代》第 1 卷第 4 期

默

舌根儿总感到干燥，
　　心灵儿总那么徜恍
听万丈瀑布在喧嚣，
　　大海翻动雪白浪花，
狂风在森林里凄泣，

人丛中有熙攘之声，
　　我受人世上的巅播，
　　　绝对孤寐，
从万汇的狂欢呻吟，
　　我感到单纯的沉默。

选自 1935 年《文学时代》第 1 卷第 4 期

李一痕

│作者简介│　李一痕（1921—2019），江西吉安人，原名李俊才，曾用名李时杰，笔名李一痕、青藜、刘梵、丁冬、石羽等。1940 年开始写诗。1945 年在重庆主编诗刊《火之源》。1945 年毕业于重庆国立艺术专科学校西洋画系，同年参加王亚平主持的春草诗社。1947 年在武汉主编诗刊《诗地》。著有诗集《谎言》《过不了冬天底人》《疯子和圣人》等。

我徘徊在嘉陵江上

我徘徊在
嘉陵江上，
我的心啊，
为什么充满忧伤？

透明的蓝天，
飘来几朵乌云，

像沉重的石板，

压在我的心上。

我是出来写生的，

江景却无心画赏。

岩石上的杜鹃花啊，

是谁的热血浇洒？

纤夫的号子，

声音里有饥饿、疲劳，

他拉着的岂只是一只古老的木船，

而是一个民族的生存或沦亡。

空袭警报，

像恶狼的嚎叫，

朝天门码头上又高悬，

血色的红球信号①。

疲劳的轰炸，

标志着太阳旗的炸弹，

目标是中国人的胸膛，

仇恨的火在人民心中燃烧……

疯狂的警备车，

---

① 当时日本飞机经常日夜疲劳轰炸重庆市区。当局除发警报声外，还采取挂红灯的措施，都是敌机来袭的信号。——原注

叫人见了就心跳。

是谁天天下达黑手令？

有罪的镣铐

锁在无罪者的手上⋯⋯

我徘徊在

嘉陵江上，

我懂得我心里，

为什么充满着忧伤。

一九四四年于重庆沙坪坝

选自魏荒弩、吴朗编：《遗忘的脚印》，花城出版社，1985 年

春天的鸟（诗集）

春天的鸟

春天的鸟啊！

爱在绿色的林子里唱歌，

歌声，是有着春天的韵律的。

你的歌啊！

是赞美太阳的温暖。

你的歌啊！

给人民有新生的希望。

春天的鸟啊!
你才唱得出春天的歌。
你的歌啊!
唤醒了这沉郁的冬眠的林子
和冬眠的土地……

春天的鸟啊!
我爱听你唱的歌!
我也愿变成一只春天的鸟
在每天黎明的清晨
和着你的歌
飞向自由的
有阳光的
绿色的林子里去。

三十三年三月一日,渝郊

生命的船

凭着勇气,
不管生命的船,
是航行在风雨的夜海,
抑或前头就有暗礁。

拉起帆来,

迎着海的巨风，

翻过爬天的黑浪，

朝向远方啊；

我生命的船是倔强的。

愿风更急，

愿雨更狂，

愿波涛更汹涌……

让我生命的船啊

加增航速

赶到黎明的港岸。

五。八。沙坪坝中渡口。

黄昏的故事

失落了！

从遥远的，

烽火的行进里，

一个战斗着的声音。

黄昏了！

你听，你听，

风雨还在鞭打着山城，

原野，和林子……

在那边，在街的尽头，

在那栋矮矮的破烂的，
像披着乱发的小□屋里，
有一个贫穷的老妇人，
在凄凉地哭泣，

黄昏了！
黄昏带走了深长的夜
深长的悲哀
和狂风暴雨。

狂暴的风雨啊；
扑灭了小茅屋里的孤灯。

在昏黑里，呵！啊！
她亲生的孩子出现了，
出现在妈妈的眼前
妈妈伸出了一双空空的手臂，
她要抱着他，
她要紧紧地抱住她的孩子……

孩子老是沉默着，
在孩子灰色的征衣上
已涂满了鲜红的血迹。

没有热情的话语，
没有亲密的笑，
他母子俩像被世纪的

无情的暴风雨，
浸化的永默的岩石。

六，三。黑院墙。

萤火虫

夜的山野，
伸手不见掌的黑，
我们一行夜行人有火把。
只苦雨后小路，
泥泞太难走。

那边，那边，
有几点星星似的萤火，虫
他们也像不惯夜里飞行呵！
在夜的山野，
点亮了自己的，
生命的小灯笼。

七，六，渝郊。

云的怀念

在没有云的日子里，
我特别怀念着雪。
当我在生命寂寞的行旅中

我想起了雪
—— 一个漂泊天涯的孤女。

愿她永远像云呵！
洁白地，崇高的，
永不疲倦自己的行程
飞到远方……

七，三十，山城。

我是守候着黎明的前哨的

我听到邻家的雄鸡，
拍着哗啦，哗啦的翅膀，
在天微明的昏暗，
长声地歌唱。

我又听到，
军营里和学校里的号角，
也张开了大大的喉咙，
亲切地在召唤
还在沉睡的弟兄。

静悄悄的市场上，
有了清道夫的扫地声，
有了挑力夫招重的，
低沉的哼声

还有远行客，

那急喘的脚步声……

啊！这小市场苏醒了，

每个人也慢慢地起来了，

我是起得最早的一个人；

我是守候着

黎明的前哨的。

我在骄傲的，

一切声音的歌唱里，

谛听着一切

苏醒的脉搏在跳跃。

天快要亮了啊；

我来欢接黎明

我写着诗，唱着歌！

我是一个趁着黎明

去赶路的人。

十，五，渝李子坝。

我要打开窗

我打开了窗子，

像是睁开了我明亮的眼睛呀；

　　——我自己的诗。

我要打开窗
让金色的阳光，
流进我这阴湿的矮屋里。

我每打开窗，
我每静静地听听，
窗外那一切声音清新的歌唱。

我每打开窗，
我不甘愿再过着灰暗的，
寂寞的日子，
我怕我生命年青的花朵，
会在寂寞里凋残。

我要打开窗，
我要看看辛劳的伙伴们，
他们是怎样的，
忙碌着自己的脚步。

好了呵！好了；
我打开了久久不开的
尘封的小窗子，
——我像是睁开了
我的亮亮的眼睛呀！

好了啊；好了！
在明亮的日子里，

让我来重收拾

沉默已久的竖琴，

拨响我生命的

最铿锵的音弦

十二，五，病初愈

真　理

——诗就是真理的花朵。

真理。

像一团，

燃烧着的火。

火的光芒诱惑着我，

火的热流，

交织了我的情感。

我跨步，

我号召苦难的灵魂，

朝黑暗的最里头去。

我们要扑向真理，

如同扑向火。

十二，七，渝画室。

炉边两章

一

当我蜷缩着身子，
默对着火炉奄奄将熄的时候，
我听到那个熟悉的老更夫，
提着沉重的脚步。
踉跄在风雪的深巷，
以枯槁的黑手，
寂寞地搞响了，
他自己喑哑的，
生命的梆子。

二

当我翻挑着炉火的余灰，
想吸取它最末的温暖，
我却想起了，
没有温暖的战士们，
他们以生命献给了祖国，
那无数颗火热的
复仇的心，
会永远燃烧在，
冰冻的中国雪原上。

十二，三十，重庆

李一痕 / 019

诗

是调色板上找不着的颜色。
是管弦乐器里寻不到的声音。
是音乐家的嗓子唱不出的歌。

当宇宙蛮荒的时代，
他是一注洪流，冲刷着宇宙。
他又是一颗最初的，倔强的，
降临到土地上来的生命的种子。

当冷酷的冰雪，
还在跟随残冬的脚步，
他早已奔向了春天的最前头。
当扑向光明的生命在火里埋葬，
当英雄们的鲜血在悲壮地流，
他却藏在血里，火里，
发着最响亮的声音。

当夜已深，天地更黑了，
他的光芒啊！更亮！更亮！

十四年一月十日重庆小屋

等 待

一

等待着一颗大大的星星，
会在这昏暗的天地间，
向每个无光的角落，
闪亮着金色的光芒。

二

等待着有一个小小的银铃，
当我感到寂寞的时辰，
会在我心灵深处，
轻轻地响着最美丽的声音。

三

等待着这一天，
我周身的羽毛长全了，
我要飞，像一只鸟，
不再困锁在没有自由的笼子里。

四

等待着，等待着，
我相信会有那一天啊！
—— 一个战斗的，
充满着血的光辉的日子。

二，十六，重庆合作金库。

夜　景

又是那三个淘气的孩子，
在黑黝黝的旷野，
燃起了这一大团野火。

黑夜里的火光，
照亮了清澈的小河，
在明亮得像镜子的河面上，
我见到这三张倒映着的，
熟悉的，可爱的，
嬉笑着的脸孔

缕缕青烟，
像初春的晨雾，
徊绕在阴森的桦树林里。

黑夜里，
躲藏在深林中的，
那群残暴的鹰，
急展着它们受惊的翅膀，
在啼叫，胆惧地，
飞出了林子。

一个火头，两个火头，
那边又起了一个火头……

野孩子爱在夜里玩弄着火。

在跃动的，
熊熊的火芒里，
我的心感到温暖。
同时我听到，
这三个野孩子的笑语，
他们这样说：
"要把夜烧得通红！"

二，二十五，渝郊。

给诗人

诗人！你是夜航船的灯塔！
你是太阳底下的旗帜！
诗人啊！便更是一柄，
使敌人和暴君胆惧的剑！

你这闪亮着火光的灯塔啊！
寻照这一片茫茫的黑海吧：
瞧瞧！有没有？
迷失了方向的船只？
你这灿烂的民主的大旗啊！
在有阳光的高空招展吧！
向没有自由的无罪囚犯，
号召他们！领导他们！

你这崇敬的人民的歌声啊!
澈荡那些血液已静止了的人吧!
不要让他们再垂头伤气的,
你的歌要唱得他们倔强起来!
你这柄锋利的正义的剑啊!
用你粗壮的臂膀挥动吧!
向侮辱他们的!
向迫害他们的……

诗人啊!诗人!

你的渴望应该是
广大人民苦难中的渴望!
你的眼泪应该是,
广大人民辛酸的眼泪!

诗人啊!诗人!
你的歌还不够响亮!你的
情感还没有通过人民的情感!
如今,你是应跨步向明天,
向战斗行列最前头的时候!

三,二十二,重庆

选自 1945 年《火之源》第 4 期

我祖国的土地啊

"我的生命
是一支最悲壮的歌！
仅以这支歌，
来召唤被迫害的……"

被残暴的风雨所鞭挞的，
被冷酷的冰雪所困锁的，
被不幸的灾难所折磨的，
我祖国的土地啊！

　　我，
一个生长在
你温暖怀里的孩子，
他是怎样地爱着你；
像热热地爱着亲生他的，
以血的乳汁，
哺育着他的妈妈。
孩子不幸的妈呀！
你的孩子们，
为着你悲苦的遭遇，
他们时刻在深深地伤痛，
曾默默地，

流过了酸辛的眼泪。

土地！
我祖国的土地啊！
当我听到，
你胸腔里急喘的呼吸，
我便想起了，
正压在你身上的匪徒，
匪徒啊！
他们是在如何野蛮地
　　奸淫着你！

土地！
我祖国的土地啊！
又当我见到，
你那双愤怒的；
陷凹而无光的眼睛
我更想到了，
强盗们，
那把无情的刀子，
正插在你丰满的
怀了孕的肚皮上……

啊，土地！
我祖国的土地啊！
——孩子们最不幸的妈妈呀！

土地！

土地！

你知道么？

你见到了么？

你的孩子们呀！

他们幸好还不曾

被魔鬼的铁链锁住，

他们还有：

自己自由的拳头！

和自由的脚，更有能

自由高呼人道正义的嘴巴！

　　（妈妈的命运；

　　也就是孩子的命运。

　　妈妈的痛苦，

　　也就是孩子的痛苦。

　　妈妈的眼泪；

　　也就是孩子的眼泪。

　　孩子的血，

　　便是妈妈的血呀！

　　……）

土地！

土地！

我祖国的土地啊！

——孩子们最不幸的妈妈呀！

你看！

你看你的孩子们，

他们起来啦！

他们就快要翻身啦！

（夜来了！

天总会亮的！）

土地！

土地！

祖国的土地！

养育着我们的土地啊！

我们是土地的儿子！要给

奸淫土地的野蛮的匪徒，

还以最大的惩罚！要给

万恶的强盗们，

还以无情的刀子！

土地！

土地！

祖国的土地啊！

你的孩子们，

他们正在鞭挞之下，

反抗鞭挞！

你的孩子们呀；

也正在大灾难里；

与大灾难战斗！

土地！

土地！

祖国的土地啊！

你听！听！

这是真理的昭示！

这是人道正义的声音

这也是我们

这一代孩子们

为着保卫我们自己的祖国

自己的土地所该唱的

最洪亮！

最悲壮的歌！

一九四五，一，廿六，于重庆小屋。

选自 1945 年《火之源》第 4 期，署名刘梵

李岳南

| 作者简介 |　李岳南（1917—2007），河北藁城（今河北石家庄藁城区）人，原名李耀南。全面抗战爆发前在《大公报》《中流》等报刊发表作品。1939 年转入四川大学外语系，加入四川大学文艺研究会。1942 年毕业后，曾在《国民公报》做副刊编校工作，主编《诗焦点》副刊。先后出版有长诗《海河的子孙》、诗集《午夜的诗祭》、诗论集《语体诗歌史话》等。另有大量作品散见于《现代文艺》《新华日报》《文艺先锋》等大后方报刊。中华人民共和国成立后，先后任职于北京市文学艺术界联合会、中国曲艺家协会。

故乡的原野

故乡的原野上，
留下了祖宗的衣钵，坟墓和言语。
也有我绮丽的记忆：
春朝的彩虹，
夏夜的流萤，

霜天高，雪花飘……
这里永恒披着鲜美的容貌。
念四节
把生活箍成一道圈——

　　　　　春打六九头，
　　　　　芒耘对到麦子熟。

自然的脉搏，
弹奏在朴素的歌喉。

牛背上
短笛击着晚鸦的翅膀，
一串铃声
唤来了漫山遍野的绵羊。
等朔风冻结了原野的静，
且把劬劳的脚板，
扣住北墙根的阳光，
吸一袋旱烟，
再吃口红薯拌黄粱。

从那天起，
关外来了个陌生客，
用巨大的"！"，
描述着黑水白山间的烽火。
原野上开始了不安。

七·七夜，
星汉上交织着银色的恋歌，
故乡也和灾难结下姻缘。
从此祖国的藩篱，
把百万生灵交给倭奴。

让丧乱的脚步走遍了人家；

黄土层上涂上羞污的鲜血；

苍苍烝民同声啜泣，

留下巨大的悲痛在心底。

太空里沉湎着阴险的冷悄，

任一草一花都刻上复仇的记号，

青纱帐或谷地里，

潜伏着草莽的英雄。

一只马铳子，一只鸟枪，

即便是一把镰，一杆锄把！

都变成生命的武装。

星夜里

你看篝火在林间燃烧，

一明一灭，

代替了刁斗和信号。

"吕祖社""家谱会""一心堂"……

不同的"信心"，

被仇恨的烈火，

熔成一个反抗。

村和村作成一道钢的城郭。

决不让，

决不让鬼子车碾石德路，

船渡溏沱河。

八里桥畔

刘二彪作了个壮烈的冒险：

鬼子两车铁和肉的礼物，

——留完！

梅花镇因此溅了场血，

（三角村也成了瓦屑）。

血的债欠，

又叫鬼子在土城中偿还！

故乡的原野，

啊！这受难的空间，

勇敢地流着血的土地呵！

如今，武装起来。

选自 1939 年《文艺月刊》第 3 卷第 7 期

南　方

在古诗人的篇章里

我知道

南方是美丽的

我以一个北方客

寄居在南方

如今已是八年了

八年来

在烽火的烛照中

在这灾难的咬啮中

南方

已失去了她那美丽的诱惑

在南方

那阴暗而多雨的天空下的

广大的农村

在摇撼着恐怖与贫乏呀

当它从古老的梦里

惊觉了那啸奔而来的战争时

战争却带了比死还严重的苦痛

在南方

曾经有多少农人的夫妇

为了望不到儿子的归期

却在全国卷入为胜利而狂欢旋涡里的时日

他们竟洒尽了那仅有的几滴老泪

从那为愁纹所雕塑的面颊上

谁能估计他们那痛苦的总量呢

在南方

我曾看到

有多少婴儿

哭叫地以饥饿的手爪

在抓着母亲那操劳着的背脊

　　那没有乳的背脊呀

在南方

我望着那一条条东逝的江流上

蠕动着一只只生计的船

纤夫们

用兽行的四肢

和江流比赛着力量

咸而涩的汗滴

却和沙粒比多呀

在南方

当黎明的步子

怯懦地触到土地的边沿时

那哼嗨哼嗨……

板车夫的声音

以无比响亮

唱出了

汗的咸味

泪的酸辛

病的忍痛

饥饿的控诉呀

而武装的乡丁

在向城里押送着

那从野店

　　　山村

　　　　从绅粱的寨堡里

所捕获的烟犯

　　　　强盗

　　　　赌徒

　　　　和小偷们……

啊，南方

曾经是

我们不屈于异类的祖先

带着光辉的文物

偏安的圣地

曾经是被诗人歌颂为

　　"杂花生树

　　　群莺乱飞"的天堂

如今

给予我的

是什么呢？

啊，南方

三、十五日

选自 1946 年《诗激流》第 1 期

力 扬

|作者简介|　　力扬（1908—1964），浙江青田人，原名季信，曾用名季春丹，笔名力扬等。1929 年考入国立西湖艺术院，创办一八艺社。1939 年初到重庆，先后在国民政府军委会政治部第三厅、文化工作委员会等机构任职，参与中华全国文艺界抗敌协会的诗歌活动。1942 年到育才学校任教，1947 年随育才学校回沪，同年冬，赴香港任中国民主同盟港九支委兼宣传部长，并任香港中业学院文学系主任。中华人民共和国成立后，在中国社会科学院文学研究所工作。著有诗集《枷锁与自由》《我底竖琴》《给诗人》等。主要著述收入《力扬集》。

原　野

黎明，
那飘扬着白色上衣
靛青布裤的牧女，
背着紫色的阳光

从苍茫，空阔的原野上来，
牛在吃着露草，
静静的微风吹过豆花的香气，
原野是处女一样的清朗呵。

我踏着水湿的田岸
徐步在玉蜀黍与禾苗的丛间，
这田野于我是如此的稔熟而又亲切：
当我尚是牧牛的童年，
我的足踝抚弄过它黑色的泥浆，
我裸露的身体沐浴在
从它的胸脯所挤流出来的泉液……

我那七旬的祖父，当年
也和这原野上的老农一样，
在这样的早晨
戴着大箬笠，荷负着犁锄，
用人生最后的气力
耕耘他自己所开拓的土地；
我那母亲也像原野上辛劳的妇女，
从窒息的厨房到污臭的猪圈，
为了温饱挨磨她悲惨的生命；
而我——这原野上的漂泊者，
也正像我所寄居的房主
—— 一个个种着地主的田地
以养活全家的青年农夫，
一样地没有自己的土地呵……

我是出生原野，来自原野的，
我的姿态是原野样的朴质，
我的语言是原野样的寡默，
原野的博大与辽阔呵；
我有什么理由，不深爱着
这原野上辛劳的人群，
不深爱着如此美丽的原野呢?

瞭望过浩瀚的云海和叠叠的丛山，
在那祖国的辽阔的边缘——
最先看见太阳升起的海滨，
已迷漫着侵略者屠杀的腥风，
我的弟妹们，在这样的早晨，
将不能自由地耕种着
祖先所遗留的田地，
仇恨飞瀑似地鸣溅在我心上……
当我戴着麦草帽憩坐在山坡
看这原野上勇敢的兄弟们
放下耕锄，托起了枪械，
唱着秧歌成群地走出田间，
顺着这万里奔放的大江
驰向海岸驱逐那登陆的敌人，
我是深深地感到
他们像我一样地爱着祖国的土地……

一九三九，六，重庆

选自 1939 年《抗战文艺》第 4 卷第 5—6 期

雾季诗抄（组诗）

一　路

是的
"每条路都通到罗马"；
但是，必须你的心里有一个罗马，
而达罗马最近的路，
却只有一条。

二　灯

愈是黑暗的时候，
我们愈是需要灯；
也愈是黑暗的时候，
我们愈感到灯的亲热；
如果已是太阳照耀着的白天，
我们还需要灯吗？

三　鹰与乌鸦

乌鸦飞得疲倦了，
栖息在悬岩的枯树上。

它伸缩一下颈子，
向盘旋在天空的群鹰，
咶噪着说：
——雾气如此浓重，阴沉沉的，
伙伴们，休息一下吧！
为什么老是不倦的飞？

——我们还没有飞完
我们的理想的航程呵。

乌鸦睡了一忽，醒过来了，
看见群鹰仍然矫健地在飞翔。
——你看，风在嘶叫。
黑云已涌上山头
看天色像有大风雨似的。
伙伴们，还是休息一下吧！

——即使大风雨来了，
我们要搏斗着飞过，
去迎接太阳。

群鹰仍然矫健地在飞翔……

四　我们为什么不歌唱

当黑夜将要退却，
而黎明已在遥远的天边

唱起红色的凯歌
——我们为什么不歌唱！

当严冬将要完尽，
而人类的想望的春天
被封锁在冰霜的下面
——我们为什么不歌唱！

当链镣还锁住
我们的手足，鲜血在淋流；
而自由已在窗外向我们招手
——我们为什么不歌唱！

当悲哀的昨日将要死去，
欢笑的明天已向我们走来，
而人们说："你们只应该哭泣！"
——我们为什么不歌唱！

五　开路

在那些高峻无比的
被云雾掩埋着的山岭上，
在那些坚实而崎岖的岩石中间，
在那些原来没有路的地方；
我们以全生命的力量，
以燧人氏取火的勇敢与忍耐，
摆动赤裸的肩膊与手臂，

挥舞着铁锤，击毁岩石；

为我们自己，也于未来的行人

开辟一条宽阔的道路，

伸向无限宽阔的原野，

原野上展开无限辽阔的天空。

但在这艰苦的开辟的日子，

无数殉难伙伴的血

流洒在路上，作了真理的标记……

一九四一，一月

选自 1941 年《文学月报》第 3 卷第 1 期

射虎者及其家族（叙事诗）

射虎者

我的曾祖父是一个射虎者

每个黑夜

他在山坡上兽类的通衢

安下了那满张着的弓弩

他把自己隐藏在茂密的草丛

伺候下山的猛虎触动引线

锐利的箭簇带着急响

飞出弓弦

伺候那愚蠢的仇敌
舐着流在毒箭上的它自己的血
发出一声震荡山谷的
绝命的叫喊

他射虎
卫护了那驯良的牲畜
牲畜一样驯良的妻子
和亲密的邻居

射虎者
射杀了无数只猛虎
他自己却在犹能弯弓的年岁
被他的仇敌所搏噬

他的遗嘱是一张巨大的弓
挂在被炊烟熏黑的屋梁上
他的遗嘱是一个永久的仇恨
挂在我们的心上

木　匠

射虎者留下一张弓
也留下三个儿子

他们都有弯弓的膂力

却都没有继承亡父的遗志

并不是忘却了那杀父的仇恨
而是赤贫成为他们更凶狠的敌人

于是，三个兄弟找起了
三种不同的复仇的武器

最大的找住了镰刀
第二个找住了锄头

最小的一个——我的祖父
找住了锯、凿和大斧

他给别人造着大屋
却只能把黑暗的茅屋造给自己

当他早该做爸爸的时候
还是把斧头当作爱妻

他像有遗恨似的摔下大斧
也找起了镰刀和锄头

走向茅草与森林的海
寻觅未开垦的处女地

一年以后，他找到了两个恋人

一个是每季可收割一石谷的稻田

另一个是，那刚满十四岁的
看来像他自己的女儿的未婚妻

为了举行那可怜的婚礼
他还向亲友乞贷一箩谷五十斤甘薯

还有什么不满足呢，他已经找到
一个永远分担痛苦与仇恨的伴侣

母麂与鱼

初春的黎明
祖母汲着晨炊的水

一只被猎犬追逐得困乏的母麂
躲避到她的围着拦腰布①的脚边

祖母笑着，抚慰她
像抱着亲生的女儿似的抱回她
连水桶也忘记提回来
让它在溪水上漂浮

---

①　拦腰布，系农村妇女在操作时，围在衣服外面，用以吸纳灰尘和油垢的布，用有色的粗土布制成，围在腰间，下垂如围裙。——原注

夏季暴雨之后
山水愤怒地在奔窜
水落时，祖父在石磴的缝隙里
找到被溪石碰死的银色的鱼

他们告诉我这些故事
使我神往而又惊奇
为什么我始终没有看见过麇
也没有拾过这样的鱼？

难道"自然"母亲
现在已变成不孕的老妇——
老不见她解开丰满的乳房
再哺育我们这些儿女？

也许她仍在健美的中年
会生育，也有甜蜜的乳浆
不是不肯哺育我们
而是被别人把她的乳液挤干

山毛榉

山毛榉像黄桷树一样
喜欢繁殖于多岩石的山谷上
它呼吸了岩石的忍耐
也呼吸了岩石的坚贞

它有着银片一样的震响的叶子
它有着结实的细致的肌肤
人们喜爱它，因为它是良好的木材
又是能够发着白热的火焰的柴薪

我喜爱它
因为它曾经是我们家族的恩人——
我那两位伯祖父却比他们的弟弟
——我的祖父走着更可悲的厄运

像他们一生没有拥抱过女人一样
他们的一生也没有拥抱过肥美的土地
山毛榉伸给他们以援助的手臂
把他们从饥饿的黑渊里救起

每个早晨，在太阳还没有醒来的时候
他们就从垫着谷草的床席上跃起
带着祖母点灯给他们烤制的
玉蜀黍馍馍，走入深山采伐山毛榉

他们挥动斧头，嘎嘶地呼喊
淌着汗，砍下坚硬的山毛榉
靠着六月的太阳的火力烤干它们
用藤条捆缚起来，挑向富庶的市镇

秋天，是人们的欢乐的收获季节
地主们的院子里洒满黄金的谷粒

我的伯祖父们却流着眼泪和汗水
挑着山毛榉换取地主们多余的食粮

人们喜爱山毛榉，因为它
是良好的木材，良好的柴薪
我喜爱山毛榉，是因为它
曾经救活了这一群不幸的人们

白　银

七月暴风雨后的洪水
是一条愤怒的毒龙
它吼叫，又像在哭号

我们和它结过什么冤仇呢
它老是用那无形的爪牙
攫去我们的桑地和稻田

攫去了结着甜蜜的果实的
柿子树，堆叠在溪滩上的木材
攫去了那逆着水流而泅渡的
忠实的大牯牛

它真是张着爪牙
攫去了我们所喜爱的一切
而又吐着飞溅的唾沫
把食物慢慢地吞咽

农人们都穿起蓑衣
把裤子卷得高高的，站在两岸
凝视着这无尽的灾难
女人们攀在屋楼上尖声地叫唤

祖父们也像那些有田产的人
惶乱地走在岸上，为灾难伤心
但也想从那饕餮的毒龙的口里
夺获一些已经失去主人的财物

"快把撩钩拿出来呀，
水头上漂着无数条杉木，
真是无数条白银！"
祖父叫着，放下旱烟杆

祖母卷起拦腰布
飞跑地捧出撩钩
在田埂上滑倒了
却很快地爬起，年青地笑着

祖父扑入那滚卷着的水流
水花铺过他的胸口
伯祖父们也跳上那露在水面的
岩巅，一齐掘下了撩钩

三把撩钩从毒龙的口边

夺下了十数条巨大的白杉
大家都说那真是一条条的白银

三个被欢乐所激荡着的晚上
祖父们都围在晚餐的灶前
争论着怎样使用这些条白银

二伯祖父羞怯地说：要娶……
大伯祖父要去典一个妻
祖父主张最好还是买两石稻田
祖母硬要做一具织布机

第四天早晨，刚出了太阳
大家正要磨亮斧头，去采伐山毛榉
却来了两位不速的尊贵的客人

一位是我们村庄里的地保
另一位是我们同宗的"恩赐贡生"
——许多田地和森林的主人

祖父们以同血统的挚爱
去迎接这宗族的光辉
祖母以农妇的纯朴的笑
去接待这乡村里的长老

但是，他却从玳瑁眼镜的下边
射出愤怒的燃烧着的火焰

瞪着我的祖父说

"你为什么盗了我底杉木!"

我的祖父用忍耐咽下了愤怒

和善地回答

"我不知道这杉木是谁的

所以把它捞起,没有送上。"

"送上,如果我们不来

你们会晓得送上!

这明明是盗窃,我正要把你们

连人带赃一起送上……"①

祖母用眼泪去哀恳

祖父们悲欢地等待着黑暗的命运

地保却像是怜悯我们似的说

"最好是杉木送还,罚款了结。"

于是,我的祖母从箱角里

翻出一个蓝花布手巾的小包

解开它,数了二十七圆的白银

无尽的泪珠落在她战颤着的手上

那些白银——是我的祖母

用每个鸡蛋换成三个康熙大钱

---

① 此"送上"二字,系送上衙门之意。——原注

七百文康熙大钱换成
一块银元的白银呵！

于是，我的祖父和伯祖父们，
用肩挑过山毛榉的柴担的
起茧的肩膊扛着那些大杉木
给"恩赐贡生"送上

于是，我的祖母哭泣了三天
"你们要从水里抢回白银
但别人却已经从
我们的血里抢去了白银……"

"长毛乱"①

"长毛来啦，大家逃命呵"
像一个顽皮的牧童
向平静的池沼投下一颗石子
这古老的绿色的和平村庄
就被这流言的石块所骚动

恐怖传染着整个村庄
老太婆喃喃地念着"阿弥陀佛"
女人们忙乱地收拾衣服和首饰

---

① 太平天国时，因反对满清辫发之俗，军队皆散长发披在肩上，故乡村中称太平军为"长毛"，太平军失散后，奔窜乡村，烧、杀、掠夺，乡人称为"长毛乱"，即长毛之乱之意。——原注

孩子们满街奔跑，哗叫着
那声音不是惧怕，也不是欢喜

年轻的佃农和长工们在街头谈论
却又有闲情似的用饥渴的眼睛盯着
那些不常出街的逃难的闺女
他们有的主张逃跑，有的却说
"何苦呢，他们除了解开辫子，
散着头发，还不是和我们一样？"

那"恩赐贡生"的长工还说
"听说他们是帮汉家打天下的
——虽说打败了，也还是英雄
待他们来了，我们正好去加伙
也把这根长在我们头顶上的
奴才尾巴，趁这个时候解去"

那"恩赐贡生"听到这奴仆的语言
他的眼睛又一次地发出火焰
"你这罪该诛戮三族的奴才
也想做那称兵犯上的匪徒
曾侍郎的湘军会把你一起剿灭"

他如此地教训着。但袭来的恐怖
到底使他失去了愤怒，也失去了庄严
他破例地把辫子盘在头顶上
改成农人的装束，挟着那保存田契的

小木匣，狼似的窜过后山的森林

我的祖母炒了两升苞谷米的干粮
装在小笋箆里提着，还背起一个包袱
祖父赶着大牯牛，二伯祖父扛着犁锄
大伯祖父却坚要留着看家，他说
"怕什么？除了老命什么也没有。"

那些太平天国的英雄们
当他们用痉挛的仇恨的手指
解开辫发，抓起斩马刀和红缨枪
以愤怒的吼叫震撼着
爱新觉罗氏的王座的时候
他们曾经是农民们亲密的兄弟

可是，现在他们是溃败了
被那些为了自己的爵位和土地
做了人民和种族的叛徒
做了皇室的忠仆的人们所击溃了
他们已经失去了领导，失去了理想
奔窜在乡村，搜括乡村，屠杀乡村

我那年轻的祖母和邻居的妇女
躲藏在茅草与荆棘的深丛里
满山搜索着的红缨枪刺在她的股上
她用拦腰布轻轻地拭去枪尖上的血
那持枪英雄才若无所觉地

失望而去，留下她战抖着的生命

二伯祖父攀在森林内的木茶树上
想靠那繁盛的枝叶，阻隔住
沿着小路奔来的搜索者的视线
可是，当那家伙托起土铳
要向他瞄准的时候，他就跳下地
扑向前去，夺下敌人的武器

那"恩赐贡生"的长工
引着一些英雄，在山头搜获他们的主人
就用被俘者的长辫把俘虏吊在树上
逼他说出地窖的所在，掘去一坛白银
然后，他穿上他主人的羊皮袄
加入那向茫茫的道路窜去的队伍

当那溃散的队伍已流向远方
祖父带回他的妻子和牯牛
二伯祖父也带着土铳凯旋的日子
那空虚的茅屋却已失去了那看家的人
两兄弟沿着队伍所经过的道路去寻找
在三十里外的田埂上才找到了大哥的尸身

他倒在那里。哪一个溃败的英雄
对着农民兄弟的胸膛砍下这一剑？
他的不瞑的双目盯着灰白的天空
是仇恨？还是向那无情的人世

求乞最后的怜悯？

他倒在那里，带着五十年的
没有爱情，没有欢笑的日子
倒下了那并非属于他自己的土地上
却又用最后的血温暖着泥土
用最后的气力通过抽搐的手指
深深地掀着一生梦想着的泥块⋯⋯

虎列拉

八月的傍晚，没有风
火红的流霞燃烧着，缠绕着
远山上紫色的杉木林

向日葵低垂着被阳光灼伤的叶子
静止的，蒸郁的园地
喷散出牛粪与辣蓼的气息

一个生客用微弱的哀恳的叫唤
叩开祖父的已经上闩的柴门

他摇晃着那赤裸而瘦弱的
但曾经被太阳与风雨长久抚爱过的
紫铜色的身子，放下包袱和油纸伞

他以无力的迟钝的语言

向我的祖父诉说——

在那遥远的，没有泥土
只有岩石和和森林的山谷里
有他那个风吹雨打的家

每年初夏，砍下白桦树
寒冷的日子上窖去烧炭
秋天闲着做些什么呢
自己没有一颗稻谷可收割?

每个秋天，走向遥远的城市
替那些只有广阔的田地
却没有劳动力的人们收获稻粱
用加倍的汗水换来加倍的工资

"但是，老伯伯! 今年
我没有带回钱，却带回病来啦
请借你家的谷草窝宿一晚
再拖一两天，我就会看见了家"

为了乞取主人的应允，他没有说出
也说不出他带回来的是什么病——
他自己并不知道那就是虎列拉

祖父用宽阔的笑接纳了这受难的人
二伯祖父和那带来死亡的种子的

年轻生客同卧在狭窄的白松木的床上

第二天早晨，客人已摇晃地走出大门
二伯祖父却仍然卧在白松木的床上
那死亡的种子已找到它繁殖的土壤

衰弱的老人在松木床上打滚
像孩子似的哭泣着，呼喊着痛楚
用最后的生命和死亡决斗

我们的乡村有什么医院，医生和药品？
我们的医院是穹窿下面那绿色的草原
我们的医生是住在天上的那虚缈的神灵
我们的药品是那苦味的草根

谁也不曾发明一种治疗这疾病的
草根。我们把这疾病叫作瘟症
叫作无可抵抗的黑色的命运
叫作不能战胜的黑色的死神

于是，我那罪孽的伯祖父
遂成了千万个战败者的一员

没有妻子底捶胸的哭泣
没有儿女的眼泪的温存
没有生命的延续的根苗
他诀别了这个只是一半属于他自己的家

享受了一碗生冷的座头饭①

享受了几杯稀淡的奠酒

他被搬入了几块薄板夹成的

永远黑暗，永远寒冷的新居

带着那些不成串的冥钱底灰烬

带着一条薄棉被，一席草荐

带着五十多年的人世的仇恨与酸辛

他遂永远安息于那荒凉的墓穴……

我底歌

射虎者留下那张弓

——永远的复仇的标记

但是，那三个接受遗嘱的儿子

还没有揩拭去那弓弦上面

被猛虎所舐上的先人的血迹

却已各自地找到了新的仇恨

又把一张张的遗嘱留给我们

——那生锈的犁锄挂在牛栏上

缺了口的镰刀和斧、凿

寂寞地躺在厨房的墙脚边

那张巨大的弓，也仍然

挂在被炊烟熏黑的屋梁上……

———————————

① 乡村风俗：人死后，置米饭一碗于死尸座前，曰"座头饭"。——原注

而我的父亲却要永远安逸地

飘着秀才的长衫散步在我们的祖先

用汗血开垦出来的可怜地稀少的田地上

蜷伏在黑暗而潮湿的古屋里边

躺在懒惰而发霉的床上

不敢对我们朗读那一张张的遗嘱

只是用羞怯的眼望着它们

像是对我们无力地说

"孩子们，替祖先复仇？

或是永远地忘记了仇恨

死心地做它们屈辱的奴隶？

由你们自己去选择吧

在这两条路的前面——

我是无力复仇

却也不能忘却它们……"

但是我，我却深深地爱着

祖父的飘在泥土色脸颊上的

那银丝一样的须髯

爱着他那经历了七十一年的风霜

而犹像古松一样坚实挺拔的身子

爱着他那临死时抚摩过

我的柔软的头发的巨大的手

而他那留给我们的遗嘱

——锯、凿与大斧

又是我孩提时唯一的伴侣

纵使它们砍伤了我

我也不曾有太多的哭泣
因为我在它们的上面
读懂了祖先们的血和泪的生活
与他们所要嘱咐我们的言语……

我乃磨利了那缺口的镰刀
跟着邻居的小伙伴
上山去采伐柴薪
但是，那锐利的刀锋
吮去了我过多的鲜血
满地的荆棘又刺伤我的足心
我痛楚地憩息着
坐在山岭的岩石上
对着那穿过黛色的群峰
与天幕的碧海
而航向远方的云朵的白帆
我也扬起了高阔的意念
"除了这镰刀
我们是不是
还有更好的复仇的武器?"

于是，我又在父亲的抽屉里
找到了被他所遗弃的破笔
而把镰刀交给我的两个弟弟
我的弟弟们
在继母的嘎声的鞭挞下面
眼泪和怨恨一起滴上磨石

磨亮那祖传的镰刀
哭泣着，上山去采伐山毛榉
难道他们还不曾替祖先复仇的日子
自己却已找到了新的仇恨？

我是射虎者的子孙
我是木匠的子孙
我是那靠着镰刀和锄头
而生活着的农民的子孙
我纵然不能继承
他们那强大的膂力
但有什么理由阻止着我
去继承他们唯一的遗产
——那永远的仇恨？
二十年来，我像抓着
决斗助手底臂膊似的
抓着我的笔……
可是，当我写完这悲歌的时候
我却又在问着我自己：
"除了这，是不是
还有更好的复仇的武器？"

一九四二，诗人节后一日写完于陪都

选自 1942 年《文艺阵地》第 7 卷第 1 期

丽 砂

│作者简介│ 丽砂（1916—2010），四川江津（今重庆江津区）人，原名周平野，字雨耕，笔名平野、群力、李沙、青果、周丽砂等。中学时代开始在重庆报刊上发表旧体诗，1935 年考入万县师范学校，在《川东日报》等报刊上发表新诗、小说、散文。1941 年起，在《国民公报》《新蜀报》《诗创作》《火之源》《枫林文艺》等报刊大量发表诗歌。中华人民共和国成立后，在上海从事教育工作。作品散见于《人民文学》《诗刊》《星星》《新民晚报》等刊物。著有散文诗集《冬天的故事》等，长诗《迎——任天民归来的时候》等。

宣 言

一

我提议：白天点灯
而且白天还要打更

不管那些人的憎恨
不怕那些人编造的罪名

照耀在长夜里的珍珠即使遭遇粉碎
却坚信自己的光能接通真正的黎明

二

我反对：戴颜色眼镜
虽然太阳的路上飞扬着灰尘

生的旅途能说短么
死亡并不是坟

群众的歌是不朽的棺材
躺上去吧，让他们高高地抬起前进

三

我喜爱：扑向自由的囚徒的心
而禁锢他们的是必然要锈烂的铁门

听暴风雨在外面怒吼
把祝福献给追逐雷电的人

春天一定会来的，美好的花呀
就要开满每一个夜晚和早晨

四

我主张：把墙推倒
不要宫殿不要城

同山林一起呼吸、呐喊
同劳动一起访友、寻亲

宽阔的爱是我们的家
我们不因为有伤疤而只懂得恨

选自中国四十年代诗选编委会：《中国四十年代诗选》，重庆出版社，1985 年

谢

战士
不怕死
花不怕
谢

前面的
踏着落花
走去
死了，也就像

一朵落花，投入

血染的泥

而我们

心疼

而我们

愤恨

从他们的血迹上

再踏过去

为了真理

没有一个战士会说

他怕死

为了果实

没有一朵花

怕谢

三十六年春天，苏州。

选自 1947 年《文艺复兴》第 4 卷第 2 期

昆虫篇（组诗）

萤火虫

你摇着一只火尾巴

骗来夜行者的奔劳
谁说你是光明的指引者
你的航线就没有一定的方向

蚯　蚓

你锥破了完美的地壳
给大地加添着创洞
然后是疲倦了睡在粉碎的泥土下
而悔恨着粗暴的草根戳伤了你的梦

蚂　蚁

你永远沉默着的工作者
常在生活的战场上搬运
同志们的残尸
而把满腔的哀痛
煽燃下一次的战争

蜂

你走遍了每一个春国
孜孜不倦地叮咛着词话
你牺牲了自己生命的刺
忍痛地杀死虚荣的迷醉的花

蟋 蟀

你的翅子有如透明的喇叭
我说你是战斗的号兵
要不然就是不眠的诗人
每夜，你从亮着秋灯的窗前
走过，响起一片足音

蚕

你有着一根发光的抽不尽的生命
你的青春就在这上面绞死
我想，如果你们都变成蛾子就好了
生一双翅膀
咬破茧壳而自由地飞去

蝶

你是春天的灯
在绿野上照明了
一条走向花林的路径

猪儿虫

你守望着葡萄青了又黄
眼送甜蜜的酒到贪馋的舌尖上

而后，你就像一张叶子

枯了掉进冷雨下的泥浆

选自 1942 年《诗创作》第 12 期

生命的执着（组诗）
——献给成长在寒冷地带的

红萝卜

和煦在太阳光下

胀饱了红通通的血液的

指头一样

我们的红萝卜

是土地的指头呢

是农人的指头呢？……

青　菜

生长在冬天

从寒冷而又辽阔的雪地上

伸出一只只嫩绿的大手

向奔走在旷野的行人打招呼

向春天打招呼

藕

如今藕爬出了深深的泥层
爬出了肮脏的池子
让河水洗去身上的污浆
而心却是空空的
不装一点点开花的记忆！

橘　柑

像粗野的风吹散了的
忿怒的火星……
在冰冻的土地上
绿色的树林
结着红焰的果实

蜡　梅

蜡梅花常在下雪的早晨开放
我们的老乡亲呢
就常在开了的蜡梅花上捕捉到一个愿望
洒落在雪地里的香多么清远啊
而来年的收成呀
一定会麦子遍山谷子满场

落花生

虽然埋进黑色的泥土
而不死的生命却走着绿藤的路
让满是创疤的茧壳拥抱着纯洁的心
在风雨的日子里生活
在凋谢的日子里成熟

选自 1944 年《火之源》第 1 期

炼 虹

|作者简介| 炼虹（1921—1992），四川泸县（今四川泸州）人，原名刘通矩，字文韦，曾用名刘文子、王尧弼，笔名文苇、文韦、金刃等。早年在私塾中学习过旧体诗词创作。抗战初期参加抗战宣传活动。1939年到重庆育才学校工作。1946年在成都主编《西南风》《诗焦点》。翌年编辑丛书，出版诗集《红色绿色的歌》《给夜行者》等。中华人民共和国成立后，在重庆、上海、浙江等地文联工作。著有诗集《向着社会主义》，长诗《领班》《内战，我反对》《解冻大合唱》等。

晚 会

他们在作什么呀？
田坎、草坪、小山顶……
黑簇簇的围着那么
—大群又一大群——

都是些"野孩子"啊，

大的十五六，小的还是幼稚生。

他们的天真活泼哪儿去了？

都显得像大人似的正正经经！

谁披着蓝天站起来了？

摇晃着小拳头大声辩论；

谁又沉痛地自打自招？

谁又激动地批评着别人？

"对不起，同学们！

我今天违反了公约的规定，

饭后就看书——伤脑筋，

以后，我一定改正。"

"×××，你当心！

不要在午睡时'练哑琴'。①

你这种用功精神很好，

但你不该妨害别人！"

"我们今天在草街子访问，

宣传抗战——打日本。

有同学只顾'摆龙门阵'，

不关心国家大事情……"

---

① 学校钢琴少，有些学生在桌边床沿画上琴键练指法。——原注

说得多有道理呀!
你看,哨守在蓝天的
星子,也听入了神,
拼命地挤亮着眼睛。

留心你的岗位呀!
星子——我们的哨兵,
不要让无情的风雨袭来,
破坏了这无边的恬静和安宁。

散会了,小山顶舞动起来,
孩子们又恢复了活泼天真!
田坎、草坪、小山顶上
洋溢着歌声、笑声……

1939 年 10 月重庆凤凰山。

选自炼虹:《红色绿色的歌》,广西人民出版社,1986 年

演　出

草街子的戏台
东倒西歪——
　　已经死了
　　多少年代?

今天，

复活了——

　一群娃儿

　跳上来。

又演戏，

又唱歌，

个个节目

都精采！

演的是

《活捉日本鬼》^①，

唱的是

《抗战的小孩》^②……

他们是

哪里钻出来的嘛？

哦，古圣寺——

新办的育才。

选自炼虹：《红色绿色的歌》，广西人民出版社，1986 年

---

① 《活捉日本鬼》，舒强编导。——原注
② 《抗战的小孩》，陶行知词，贺绿汀曲。——原注

窗

我的破落的窗呀，
经过
一度严冬的侵袭，
更加
破落不堪了……
　　只剩下几根
　　糊满了炊烟的窗条子。
　　在苦苦地
　　支撑着。

虽说
　　已是春天
蓝空里
飘荡着白色的云雾，
　　阳光象穿梭……

大地
已经疯狂地
　　装扮起来；
花花草草
都在
　　竞美争妍！

绿透了的森林

和绿透了的田园……

而我的

　　破落的窗呀，

还睁着

　　为渴望烧枯了的眼，

熬受着

冬天的余寒！

然而，我的窗

是开向太阳，

开向旷野的。

只要有太阳，

就该有我的温暖，

有旷野，

便有我绿色生命的泉源。

选自炼虹：《红色绿色的歌》，广西人民出版社，1986 年

廖晓帆

|作者简介| 廖晓帆（1923—2012），四川巴县（今重庆巴南区）人，原名廖顺庠。1942年考入抗战时迁入四川的同济大学。1946年夏出版译诗集《新的诗章》。抗战胜利后，发表了《卖儿谣》《这种日子真难挨》《老妇人》等短诗。1947年出版了诗集《运军粮》，1950年写的短歌收入诗集《土改山歌》，同年加入中国作家协会上海分会。曾与夏白、任钧合作歌词《江南土改组曲》等，著有诗集《祖国的春天》等。

乡村小调

一　卖儿谣

娃儿娃儿你莫哭，
你妈还是把你背回屋，
饿死大家死一路，
到底你是妈身上落的一块肉。

二　藤藤菜

藤藤菜，莫得心，
爹妈要奴嫁出门，
奴言情哥出征去，
且肯又许第二人。

藤藤菜，莫得心，
郎要早日回家庭，
郎既无心打内战，
奴也无心嫁别人。

三　小火娃

小火娃，真是乖，
天明上山扳干柴。
爸爸打仗回不来，
妈妈土头种小菜。
小菜不值钱，
干柴无人买，
顿顿羹羹吃不饱，
这种日子真难挨！

选自 1946 年 9 月 14 日《新华日报》第 4 版，署名晓帆

老妇人

眼睛像给红丝线锁了口，
周身被冷风吹得打抖抖，
那干柴棍一样的老妇人，
深更半夜还在大街上走：
　"把我的儿子送回来呀！
　把我的儿子送回来呀！"

头上包一条黄布，
手里捏一炷佛香，
从乡里喊到上海，
从白天喊到晚上：
　"把我的儿子送回来呀！
　把我的儿子送回来呀！"

电灯在窗子口把眼睛眨了又眨，
洋房子里有发财人在划拳打马，
那老妇人的小脚像蒜瓣散了架，
她"崩"的一声在电线桩旁边倒下：
　"把我的儿子送回来呀！
　把我的儿子送回来呀！"

选自 1947 年《诗垒》第 1 卷第 2、3 期，署名晓帆

林　茜

| 作者简介 |　　林茜，生卒年不详。抗战初期考入四川大学，曾加入四川大学文艺研究会，参与该会《半月文艺》的编辑出版工作，并在该刊物发表作品多篇。

古琴吟

古琴高挂在壁上，
在太多的岁月里
它已经沉沉地入梦。

没有了七弦的叮咚，
再不能发出清响，
像暮春风吹坠落红。

知音已杳，
更无人过问高山流水，

钟子期，他独自在灵府中发愁。

想当年，明月夜，
焚一炉好香，
曾有少女玉指的抚动。

她的梦，她的希冀，
搀和在袅袅的琴音里，
飘绕过楼东。

弹奏出凄婉的心曲，
亿万年的寂寞，
美人的迟暮。

锦绣的华年已是消逝了，
是谁偷去了荣光？
犹有当年风，轻拂过身旁。

零落的音阶，
破断的丝弦，
凋残了的世纪梦。

如今，月桂冠被弃于泥涂，
披霞娜和梵娥玲，
代替了恩宠。

古琴酣睡在壁上，

纵有爵士的归音，
也不能惊醒它沉静的灵魂。

原载 1938 年 7 月 3 日《华西日报》

选自公木主编：《中国新文艺大系（1937—1949）诗集》，

中国文联出版公司，1996 年

睡狮，它开始在咆哮

睡狮，它开始在咆哮，
海岛恶魔的毒手
搅醒了它的酣梦与甜觉，
背着几十年来的耻辱，
它走出囚牢。

面前就是万丈的深坑，
（是谁为它掘就的，它全知道），
为着夺取自由与生存
曾是怯弱的灵魂哟，
于今却发出了怒号！

用着无比大的勇力
它要以爪还爪，
看秋江水泛成了一片红潮，
不怕东方暴日的淫威

它伸直着腰。

心头复仇的烈火
燃烧得它快成了一只花豹,
两眼闪着异样的光辉
在把血海冤仇的敌人寻找,
睡狮,它开始在咆哮!

选自 1939 年《流火》第 7—8 期

林如稷

| 作者简介 |　　林如稷（1902—1976），四川资中人，笔名白星、如稷等。中学时代开始学写散文、小说和新诗等文学作品。1922 年和陈炜谟、罗石君、李开先、陈翔鹤等人发起成立浅草社，创办《浅草》季刊。1923 年到法国留学。1932 年主持《沉钟》半月刊复刊，并积极提供著译稿件。1937 年秋回到四川，执教于国立四川大学和光华大学。1939 年参加中华全国文艺界抗敌协会成都分会。中华人民共和国成立后，到四川大学任教，从事现代文学研究和教学。主要著述收入《林如稷选集》。

狂　奔

凄凄的淫雨，
朔朔的暴风，
——这叫狂奔的鸟儿，
——走向何处去呢？

来吧！投落下来！
持笼的呼着——
在这里，在这深暗的灰色里，
有你的安乐的眠巢！

狂奔的小鸟，彷徨迷途的小鸟，
可惜你的力太薄了！
宇宙未有归宿的生命啊，
终不能冲出这深灰色的坟墓！

你愿葬在何处，便向何处狂奔吧；
慈母的怀中——
象牙之床，珊瑚之宫，
正倚间而盼望失却的迷途的小鸟啦！

一九二一，二，二七，作于津浦车中。

选自 1923 年《浅草》第 1 卷第 1 期

月 波

月波澹荡互送，
花影幽黑朦胧；
我将去在何处——
何处有这样甜蜜的梦？

有残春的寒气，

有秋日的凉意；

我在梦中——

梦中的幻想无穷！

遥瞻那蓝云汹涌，

想起高高在上的瑶宫；

内有一仙女，蹙眉的

盼望着尘世心恸。

伊的爱人似那逍遥游的大鹏，

飞过了高山，飞过了涧溪；

然而永无消息，

已葬埋于沉渊之中。

一九二三，五，十二。

选自 1923 年《浅草》第 1 卷第 3 期，署名白星

长啸篇（组诗）

"仰天长啸"

——岳飞《满江红》

长　啸

今夜月色，不是昨夜那样黯晕；

独站在繁星之下，听，静寂，无韶。

昨夜我彷若身在浩海，波声玎鸣；
飘幻人生之如梦——使我心惊。

我不采药于蓬莱，不希冀天堂的幽居；
只彷徨在无休之境，魂荡无据。

虽有蛇虺充满前途，仍如在康庄的大道；
进行，进行，——向着黑暗之域长啸。

一九二三，二，十三，上海。

春　颂

"梅雨浃旬的缠绵，
落花阵阵的悲咽；
客子不要伤春；
自然诱你还爱你！"

智鸾甘死于春使的朝筵，
为鸣天籁而俟其短命！
粉娥每休遨游在繁蕊之间，
愿为生之途的奋进。

"檐溜滴音灵琴，
告以一切的再生；
客子，不要伤春：

自然诱你还爱你！"

绿意似情人呼吸的温静，
金珠似生之女神的眼睛；
如葡萄新酿的酒味，
柔波使你永醉！

一九二三，三，廿九，上海。

吴淞望海

（一）

这是浩然的大海，
那是银灰的天幕。
和风来自层层白云，
掀起怨语狂涛，
我欲一问狂涛，
能否濯洗我的烦恼？

（二）

这是浩然的大海，
那是银灰的天幕。
灰幕尽接着海水，
迷离地划出一道银痕。
哦！飘摇的沤波，
迷途者的研徵！

一九二三，四，一，上海。

西沽返棹

我悄然卧在船头——
　看白云悠游。

我悄然卧在船头——
　任逝水涴流。

一九二三，四，十六，天津。

听　雨

这是季春的苦雨，
似暴雨响震于铁马，
飒寒而碎滴；
若黑衣的使者，
将颁我最后之幽召。

闷闷而窒息，
如秋叶之粉坠于地。
那最后的呼吸——
最后的呼吸，
使我难气。

遥想那黑絮深处，
有座幽密的宫殿，

以骷髅作柱，

以赤血为饰，

我将往居住。

其实我不诅咒这苦雨，

只因它琤琤的声音，

似那宫中的鬼奏，

这样——

使我心惊。

一九二三，四，二八，北京。

枕　畔

（一）

这又是昏昏早晨。

白云倦静，

鸟声清新，

我只恋着残温

凝思刚破的梦景。

原来昨夜的梅雨，

已声声地打在我的心头；

我是只有在枕畔

烦闷，心惊，

泪珠儿盈盈！

（二）

辘辘汽笛的长鸣，
忽然引动我的乡心。
——只是我呀，
已倦游没力，
哪能再向归途狂奔？

灵琴起了共鸣，
柔水只有长倾。
想到那在烽云黯淡下的爹娘，
想到那幻梦中看见的爱人；
哦哦，烦闷，心惊。

一九二三，五，北京。

游南海

迷眼的柳絮飘零，
弱风轻狂舍命，
薄寒砭入身上，
齐徘徊于春之花园，
消磨明媚的朝晨。

遥念着长途的征人，
昨夜曾入梦景。
想把这消息付与杨花，

递到他的身畔，
却又徘徊沉吟。

一九二三，五，四。

春　梦

　融融的
春风；
　零零的
杨花；
　伊人来相晤，
幻梦之中。

　春风
溶溶的；
　杨花
凌凌的；
　幽会之甜痕
蜜蜜而无际。

一九二三，五，十四，北京。

送 L 返乡

洞庭浩波万顷，
　遥想呈在你的面前。
湘江之水含笑相言：

"屈子骨骸久沉不起，
诗魂常在悲咽！"

衡岳之云霭霭，
欢迎故土的诗人归来。
岳阳楼上曾去否；
收了多少诗债，
看了多少战士死骸？

一九二三，七，十，北京。

两夕之枕上

两声如秋弦之玎鸣，
使我心惊；
两声如秋笙之柔韵，
使我痴魂。

夜钟招魂于幽崖，
金鞭抽击于全身，
我愿长梦——
长梦不醒。

一九二三，七，十五，北京。

月　光

月光浸到我的窗前，
洒入床内，
水银一般的大被：
我有些惨怛，有些沉醉。

我想起那捣杆的白兔，
那在婵宫苦读的仙娥，
更想起那张果老：
都不过是"时间"的债徒！

我且不去打损玉臼
只想在婵宫小住，
替果老挥斧，
伐倒那掩翼辉光桂树！

不必说与月娥亲吻，
只愿长眠在伊怀内，
受这闪闪的爱光，
已逾过一杯新酿的沉醉。

我再没去嗟叹，
哦，尽那样萦想：
萦想与我纠缠，
我真不能入睡！

一九二三，七，十八。

秋之夜

惨恻的夜色茫茫，
凄风簌簌敲窗，
被缚狂驰的心，
失眠而自怨自怆。

毁灭念聚将欲诱惑，
弱弦血热而沸扬，
小巷叫卖声声，
引我魂向何方？

"故乡遥远千里之外，
迷途旅子对灯欲泫；
墙穴蛋曲戚戚相和，
同在暗处埋葬。"

室内有灯，灯光
昏如夜猫闪眼；
室外有声，声调
惨若杜鹃咽血。

萧萧的疾雨飘泻，
我欲狂呼秋娘；
"莫尽淅沥哀歌——
哀歌使我心荡！"

"若使我能御着长风，

飞到广寒宫去；

把愁思化成酒饮，

虽促短年何伤？"

一九二三，九，十二，上海。

彷　若

彷若愁漫的窗外

有一女子在啼血。

　哦哦，窗前雨是凄凄，

　窗外哭声恻恻。

我只疑着

这是秋魂的悄语，

　莫去看，雨后

挣扎的盆菊！

绿叶懒无力的垂头……

爪瓣弱的泪滴……

　哦哦，不葬在老饕之食釜；

　不供在骚士的案头；

　不持在那美丽姑娘的手中，

　簪在发上舐吸香蜜；

更不植生在陶潜的东篱下；
为何只在我窗前啜泣？

哦哦，我还不是诗人，
空挥泪吊你们弱之生族！

一九二三，九，二六，上海。

浮 烟

朦朦溶溶的薄光，
层层向上；
缥缈玉宫的仙娥，
娇娆悄悄的躲藏。

天半彩云生凉，
桂花含着幽香；
我若骑驾浮烟，
驰逐在银河之旁。

忽然我猛想起
这里好像是我故乡；
那黄纱罩身的姑娘，
也正含笑相向。

但是何处的飞雁，
在我耳畔嘹亮；
我低头，低头下看

脚下的尘邦。

　　黄纱罩身的姑娘，
我不能再见伊的娇躯；
　　急不忍舍我脚下尘邦，
飞雁号声愈远愈悲凄。

　　浮烟慢慢散尽，
银河渐渐黯黯；
　　风声恶吼，
仍抛我在尘邦里。

　　黄纱罩身姑娘，
又在含笑眉语；
　　我确已没力，
雁声仍在耳际。

　　已四无声息，
我只有偷偷地叹气；
　　那桂子的飘香，
也最后离我而去。

一九二三，十，一，上海

选自 1925 年《浅草》第 1 卷第 4 期，署名白星

林咏泉

|作者简介|　　林咏泉（1911—2005），辽宁岫岩人，原名林永泉。1930 年考入南京中央军校，20 世纪 30 年代中期，开始在《北平晨报》《华北日报》等报刊上发表新诗作品。抗战初期，曾参加过南口战役等重大战事。1941 年到重庆，在中央政治学校任教，在《中国诗艺》《文艺先锋》等报刊上发表文学作品。1945 年抗战胜利后，与孙望、汪铭竹在南京创办《诗星火》。晚年居上海。出版有诗集《塞上吟》，另有大量作品散见于《国民公报》《新蜀报》等。

塞上吟

如多雨雾的江南
塞外的风沙，成天成夜的飞走着。
塞外人习以为常的
生活在风沙里
沐浴在风沙里

旅行塞外的远方人
也同样以风沙涂面
以风色的面孔相顾而笑。

塞外的风沙如浓雾
不时以其呼呼的声响
鸣奏着"濛濛底世界"的音乐
而有时也似在做着游戏
卷成一条长长的腰身
顶天立地的直竖在沙面
移转在沙面。

白色的羊群，成片地
补缀在沙的灰幅上，
远来的骆驼如缝衣
穿成一条长线走来了，
而挟着阴凉的白云
正以其一幅幅的暗影
铺放在白色的沙幔里，
浮游在白色的沙波里。

黄色的河流，温存的，熨帖的
横卧在沙之低处
由于柔水的润湿
沙漠也生着草树了
沙鸟在草树的枝叶里飞窜着
在明阔的长空里回舞着

有时鸣着疏落的琴韵般的

"Jur Jur……"之声

似在唤着它们的伴侣。

沙漠渐有人烟了

有着朴素的园林与家屋

有着模糊的车迹

旅行人如浮海而来

如呼吸着另一个世界的气息

今夜住宿在沙海的孤岛上

住宿在沙漠的绿洲上。

选自 1942 年《文艺先锋》第 1 卷第 5 期

二　月

二月从春梅底枝条上开放了

二月从堤柳底长线上飘来了

二月从绵软的草地上走来了

风戏舞着家门上的春联

儿童戏舞着纸鸢

二月旅行在大地上

二月风是懒洋洋地

如蛱蝶缓荡在芬芳的花林中
它缓荡在馨香的发林中

你蜜蜂，你哝语着什么呢？
你花蕾，你憨视着什么呢？
你少女，你痴想着什么呢？

风吹拂在温柔的水面上
船浮游在油样的绿波中
乘舟人读着《二月底梦》

三十二年在重庆

选自林咏泉：《塞上吟》，文艺出版社，1948 年

月　夜

从重重叠叠白杨小叶隙穿过来的，
从一大张一大张
梧桐手掌的边沿跨过来的；
从零零乱乱
橘树丛中溜过来的；
你温良而缄默的月魄啊
每当你照耀到人间
每当你燃起天上底灯火
轮值着月月勤务的时候；

夜是如此幽媚
大地是如此可爱呵！
你把成张成片的光辉
铺放在硕大而宽阔的形体上
你也把零碎的彩泽
撒洒在斑烂的树叶上
如朝阳之光，夕阳之光
憩止在海边的石片贝壳上一样。
而夜行的旅人，夜袭的战士
更对你做无穷尽的感爱
你是永不会被
人间底暴力所扑灭。
——人间可有过扑灭
夜之光明的暴徒吗？
你永远在烛照着真理
烛照着自由，更烛照着
那为争取真理与自由的斗士们的
扑灭暴力的进军路呵。

夜深了
你久久扑在我面颊上的光辉
使我感到清冷，使我受到
过分清新，美丽的眩惑
我要避开你那明洁的瞳子
我要悄悄地睡去呵！
于是我便提起我乘凉的椅子
钻进那夜夜收容我底疲倦的小屋

更转悄而经心地关上那
涂着不清晰地夜色的屋门
而我便与你隔绝了
你是被摒弃在门外
你再不能面对我了
再不能在地上在墙上
描画我底影子，剪裁我底影子了
你是时常那样目不转睛地窥看我
如多情地偷看你底爱者一样
时常如顽童般画着黑色图画呵
但你是否受了惊吓？
当你追随我底脚步
正欲跨进我底门槛时
你是意外地碰在门板上吧？
不过，你仍是想尽方法
在各处寻觅着我，偷视着我
你竟能在一小线的门缝
或一块窗纸的小孔内窜进来
如一丝银链般
直射在我底床脚，
你在看我入梦吗？
你曾否也替我梦着
我所要梦的地方
我所要梦的人？
你是那样顶宁静地
倚伏在我底门脸上，我底窗格上
更坐卧在一张素帐似的院中
一层层石级的阶前呵。

同样，鸟雀也寻梦去了

飞虫也寻梦去了

趁着你如明灯如白昼的清辉

它们逐渐地放下琴弦

逐渐地闭起歌喉

归向多半是团圞地，和乐的巢室去。

此刻，你真该感到孤寂吧？

感到这太沉静就是

太寂寞太凄凉吧？

有的，只是清冷的游风

吹拂着你，你那

最轻纤披纱似的光辉呵！

有的，只是你周遭的群星更密集了

如教徒们集向传教者的周围

谛听你讲述春天底故事吗？

人间底故事吗？

天河底波光更明亮

大大小小的星眸在东张西望着，

天上有着不清晰的白色

天上有点繁乱了呵。

而一串串的流星，也

穿梭般，火箭般地交射着

这是否也在演着战乱呢？

演着由于暴力地不合理的纠纷呢？

天上会有战乱吗？

有如人间悲惨的故事吗？

如果，真使我这夜深对月的旅人

更要做升空戡乱的征人了。

但这又绝不是的

这是天上的元宵

天上的繁华佳节呵！

我似已睡去了

但请你告诉我：

多少在千里万里外

望月怀乡，对月怀人的人

也都睡去了吗？

当人寂寂夜也寂寂的时候

你是否真如人间的传说

你会化做一个女神

你是那样轻悄地

披着皓洁的夜衣

缓步在大地，缓步在

无声的院落呢？

而当第一片的晨风吹来

当你把许多幸福和安宁

投送到家家户户

投送到每一张睡榻上时

睡眠者该有最愉悦的梦吧？

流浪人深深地感到月夜底清凉

流浪人是如此爱月夜

流浪人在祈盼夜夜月明呵！

三十一年七月在小温泉

选自林咏泉：《塞上吟》，文艺出版社，1948 年

玲 君

|作者简介|　玲君（1915—1987），天津人，原名白汝瑗。青年时代曾就读于南开中学、辅仁大学、燕京大学，其间以"玲君"为笔名发表了许多进步诗作。20 世纪 30 年代出版诗集《绿》。抗战爆发后辗转至重庆，在内迁北碚的复旦大学学习。1938 年 5 月赴延安抗大、鲁艺学习，毕业后任《新华日报》（华北版）记者、山东《大众日报》副总编辑等职。中华人民共和国成立后，在《黑龙江日报》等机构任职。

北方 Souvenir 一章

哀北平

北平的头上戴着屈辱的和平，
北平的足下踏着复仇的根；
几百年来被传诵的金碧的名字，
一阵风吹走这东方荣耀的古城！

不能忘掉的文化的母亲，你将何处行？

到哪里都有拦阻着卐的风轮；

对着城墙的雄伟，你闭上蔚蓝的眼睛，

你枉为被祭祀的镀金的女神，没有感应。

这座传说用翡翠堆砌成的古城，

如今已经不能固守她那一点坚贞；

看天上一团火，点起下面鼎沸的人群，

她仰头想呼喊，可是没有答应。

再不要哀恸，哭泣也归无用，

北地的烽火终会燃烧到了敌营；

到那时你要脱下被污辱的衣裙，发一声喊，

用尸骨盖满了尸骨，从此再不见古城！

选自 1938 年 2 月 6 日《新蜀报》副刊《文种》

四骑士

我们从往昔的栅栏里跳跃出来，

各自点出自己的姓名："热情，忠诚，单纯，和坚贞。"

向着面前的黑暗，拉紧缰绳

迎上前去，为了争取光明，荣耀，和生存。

当第一声号角吹醒了睡眠的大地，

当黎明给我们披上闪亮的征衣，
从远方便开始我们骑队骁勇的驰驱，
沿途向每一个凶恶的敌人做致命的射击。

啊，古老的中国你向哪里跑，
你率领那些衰颓的人们要向何处逃？
到何处我们的马蹄都会追上把你们踢倒，
并用坚定的长矛挑下你们的丑恶和动摇。

从南方奔到北方，我们呼喊：
"为了国家与民众，需要热情，忠诚，单纯，和坚贞，
我们要歌唱，要飞腾，要战争，
如果前面果是毁灭，我们驰到那里便是永生。"

选自 1938 年 3 月 27 日《新蜀报》副刊《文种》

刘岚山

|作者简介|　刘岚山（1919—2004），安徽和县人，原名刘斯海，笔名刘仲、刘兰、路里、胡里、岚炭等。抗战时期流寓四川，做过报纸通讯员和校对工作。抗战胜利后，由重庆赴中原解放区。中华人民共和国成立后，加入中国作家协会。曾在北京三联书店工作，后赴朝鲜战场，从事文化服务工作。著有诗集《漂泊之歌》《乡下人的歌》《和平的前哨》，通讯报告集《和英雄们相处的日子》等。

望

望见你出去的路，
望不见你打那路上回来……

几次我踮起脚，
看那背着包袱的人走来——

我真想把那匹山移开去，

虽然，我曾跑到山上还是看不见你。

门前的柳树又绿了。

你怎还不回来呢？

一九四五，二，一二夜（除夕）

选自诗集《乡下人的歌》，汇文出版社，1947年，署名胡里

扑灯蛾

活着的日子并不多，

但你绝不肯让生命空空度过；

就是豆子大的一点光明，

你也愿殉身于灯火里面。

虽然黑夜还很深沉，

但你誓死不在黑暗中偷生；

完成了探索光明的历史任务；

扑灯蛾呵，你的死难没有落空！

一九四五，五，四，夜于渝郊。

原载诗集《乡下人的歌》，汇文出版社，1947年，署名胡里

选自臧克家主编：《中国新文学大系1937—1949·诗卷》，

上海文艺出版社，1990年

太　阳

你怎么不出来呢？
我们从水田捞起的，
活命的稻子已经发霉哪！
新种下的麦子，
半个月也不见长出芽来……

你怎还不出来呢？
那次，幺儿的爹从田里回家，
被雨淋湿的衣服还没有干，
穿着我的衣服，
他走不出门……

你怎还不出来呵！
幺儿再也没有尿布换了，
破草屋像筛子，
柴火湿漉漉地煮不成饭，
孩子哭破了天……。

出来吧　你——
我们的太阳呵……

一九四五年，秋，重庆。

选自 1947 年《诗垒》第 1 卷第 1 期

柳　倩

|作者简介|　柳倩（1911—2004），四川荣县人，原名刘智明，曾用名刘天隽、刘延祖等。1932 年，与穆木天、蒲风等人发起成立中国诗歌会，1933 年加入中国左翼作家联盟，积极从事进步文艺活动。1940 年到重庆，在郭沫若主持的国民政府军委会政治部第三厅工作。中华人民共和国成立后，在上海军事管制委员会文艺处工作，创办过诗歌朗诵班、诗歌工作者联谊会。1953 年调入北京戏曲编导委员会和北京戏曲研究所，长期从事戏曲改革工作。著有诗集《生命底微痕》《自己的歌》《无花的春天》和诗剧《防守》等。

古　城

夕阳底火，
烧着古老的城。
平匀浩齿的墙，
正改锯着天。

湖上耀着黄金，

舟在波中微隐；

掩饰去了古今，

吞没去了爱情。

只余下伤悼，呵，

你古老的城！

五侯家里是否还绕着轻烟？

六朝金粉是否是钗坠横陈？

雨花台上今作古人；

台城的饥饿而今人人圣君；

井上的胭脂还是如前

只遗下最终的泪痕，你贵胄的子孙！

一劫的洪杨

烧去你罪过的幽隐；

叠叠的白骨

又砌就不污的二陵。

烧不尽的，砌不尽的，

呵，你古老的城！

罪过呀，又显幻出你

棱棱的鬼影。

强者自富，弱者自贫，

你这不可逾越的深坑。

有不断生命的火正烧着天，
染就了大地，血溅满你这古城。

遍地浇播着惨痛的氛氲，
只是你，呵城，你却不见！
罪过呀，不论中外的大都市呀，
是你自斟的葡萄，你自家酿溅。

太阳底火，正用力的，
烧着你古老的城！
再来吧，第二次的再来吧，
把一切人类的罪过烧尽！

饥饿与失业的火
也如太阳在太空高擎，
来吧，古城哟，来吧！
烧出你一切罪过的幽隐！

一九三三年五卅于南京。

选自 1933 年《狂流》第 1 卷第 2 期

秋　颂

秋倏来了倏去了，
宛若游云底缥缈。

到春，到夏，盼到秋朝，
春花凋谢，黄花更老。

我爱朝晨底天空
有时会一阵薄雾蒙蒙，
我爱余晖底落暮
敲起打破岑寥的晚钟。

我爱点缀湖上的丹枫，
比少女唇上怕更殷红。
我爱那成行的雁子，
有时冒险地穿过天风。

我爱凄凉的暗夜，
但怕听如诉的哀蛩。
我爱皓月团圞，
怡然地躺在湖中。

秋倏来了倏去了，
宛若游云底缥缈。
可是，这一切快交给冬风，
阿，再见。过了又是浓冬！

选自 1934 年《诗歌月报》第 1 卷第 1 期

雾

三千年古老的原野里，
中国哟，被迷天的雾色包卷了。
在眼底里，再也辨不出
哪里是国？哪里是家？
只是浑濛濛的
眼前一片白，一阵朦胧。
再也望不见万里河山底壮丽，
交错的畴野之岖崎。祖国哟，
往昔你的光荣与伟大，
你荷锄归去，农人自由的和歌，
樵夫牧童之野语，日中集市的交易，
你富有人性的和平……
而今竟随白雾隐退
再寻不出世界的踪迹，
寻不出一切：一朵花，一株树，……
而只是浑濛濛苍茫的一片。
乌鸦不是在暗中说教吗？
野犬不是向曙色嗥吠吗？
雾色，从此包卷了世界，
包卷大地，甚至快要窒息于我，
使我们不能自由呼吸。祖国哟，
自由，我们需要，需要占有

澄清的领域！曙色透过白雾，

劳动的呼声起了。乌鸦因之敛翅，

嗥犬潜逃，从此在薄雾中

显露出你中国可爱的面影。

选自 1936 年《每月诗歌》第 2-3 期

突　击

我跟上我们底大队

在突击里，

在满洲底一角，

在敌人惶恐的夜里。

我们没有枪，

没有声息；

解剖敌人，

仅凭这柄大刀底锋利。

不问泥泞溜滑！

不管晴夜阴雨！

我们分散。

我们突击。

我们爱满洲，

也爱护我们自己。

我们爱森林

也爱自然的掩蔽

爱高粱，

也爱"青纱帐"起的时季。

我们从一村，

突击一村，

一村，一村，

要归还我们手里。

我们突击。

我们夜袭。

看这大刀起处，

映上半天云霞，

挂在明朝底晴空，

闪耀满洲底美丽。

一九三六年八月十日

选自 1937 年《文学》第 8 卷第 1 期

当春天快播种的时候

当春天快播种的时候，

南方的天气格外温暖。

打从韶关到海南岛，

我看着更深的感情。

我已嗅到了南国泥土的芳香味！

当敌人侵占我们的地方更多的时候，

我爱这块土地更深：

甚至每一锄泥沙，

每一撮尘土——

这些，以及这里的一切……

都渗拌过祖先在犁锄边，

滴下的血汗。

种下多少的努力！

每座小山与溪流……

是中国人自己的。

每粒尘灰与草芥……

我认识！

当春天快播种的时候，

战斗中我们要加紧生产。

打从珠江扬子江到黄河……

我们有过五千年传统的爱情。

我们已经听到了战士们正义的呼喊！

当敌人四处烧杀淫掳的时候，

我爱着我的祖国更切，

甚至每一处一地的同胞，

每一个小生命——

他们，以及每一个角落和地面上的，

都是我们祖先的血缘；

与我有分不开的关系。

每个年轻的，或者老年人，

都是我们自己的父母和兄弟，

他们那黑油油的眼珠子，平板的脸……
我认识！

选自 1939 年《中国诗坛》新第 2 期

在太阳下

在太阳下，他们也唱起情歌，
唱着家乡的优美，
也唱当年恬适的生活。
无数的马匹卸了鞍具，
无拘的马群，在山坡上，
自由地嚼着细草，
他们，一群马夫
懒洋洋地在岗子上偃卧。

在郁江上，他们看见村民苦着脸赶回家来，
看见农妇们眼泪伴着种子洒下，
儿童们脸上消失了幼年的快乐。
无数的新坟堆上田泥，
主人与强盗的血，
混渗在土壤中，
看见他们房屋烧光了……
一村村人难熬过这春来的饥饿。

在大明山下，又飞起一串情歌，

唱着出征时情妇的离别，

唱着战场上三年来的经过。

成千万的农夫们穿上抗日的武装

听他们在炮火下自由来去，

听任昼夜输送，

他们一群马夫，唱着哼着，

再不是那吉普赛人无家的流亡的歌。

在山坡上，他们合唱起一串欢快的歌，

歌声传扬在山岗上，田垄间，

歌声有远山回应，有伶俐的山鸟来和。

田水中映着青山的滋润，高柳的葱绿，

他们遥想到巫山内的家乡

明晃的水田：呵，算了！……

为了赶运前方的给养，再加上一鞭，

明日还得要打从这儿经过。

四月十二日上林高秋。

选自1941年《现代文艺》第2卷第4期

芦甸

|作者简介| 芦甸（1914—1973），江西贵溪人，原名刘振声，曾用名刘扬、刘贵佩，笔名有芦甸、波心等。抗战期间在成都从事文化活动，参与组织华西文艺社、平原诗社。曾在胡风主编的《七月》上发表诗歌。抗战胜利前夕去中原解放区，1947 年到晋冀豫解放区。1949 年任天津市文学工作者协会秘书长。1955 年受"胡风反革命集团"案牵连。著有诗集《我们是幸福的》、剧本《第二个春天》、小说《浪涛中的人们》等。

表

来到人间的第一天，
就跨上生命的马。
循着先我而去的
表的足迹。
以迫促的气喘
应和着单调的□的独语。

奔驰在人生的道路上

翻过一个山

又一个山，

涉过一条水

又一条水，

转了二十四弯，

还是熟悉的驿站。

"自由的天地呢?"

勒缰问行人，

行人说：

"你要跑到表的前面去。"

于是我又挥起鞭子，

让马尾在后面飞扬，

让灰尘在后面飞扬，

让表粉碎在马的铁蹄下……。

卅年的最末一天

选自 1942 年《战时文艺》第 1 卷第 4 期

沉默的竖琴

我懂得，

你为什么起得这样早，

为什么在我的小窗下

低唱着凄婉的歌；

为什么把你的小弟弟
逗进我室内？
为什么
凝望着远远的天……

原谅我，
我不能给你留下什么
甚至我的名姓。
因为
我是一个亡命的"过客"，
像你门前的水，
流过了，
永远不会折回来……

我只能以沉默的竖琴
弹奏我的祝福：
我愿花朵属于你，
荆棘属于我……

我即将远去，
后有追赶的马蹄，
前有人群的召唤……

四三年成都

选自芦甸：《我们是幸福的》，文化工作社，1950 年

罗 烽

| 作者简介 | 罗烽（1909—1991），辽宁沈阳人，原名傅乃琦，笔名有落虹、克宁、彭勃、罗迅等。1928 年在黑龙江呼海铁路传习所学习期间参加革命，其间创办《知行月刊》，发表文艺作品。1935 年到上海，参加中国左翼作家联盟。1935 年到 1941 年 1 月，辗转上海、武汉、重庆等地，在重庆参加全国文艺界抗敌协会组织的作家战地访问团，后去到延安。1945 年回东北。1953 年调入中国作家协会从事专业创作。著有短篇小说集《呼兰河边》、中篇小说集《归来》和长诗《碑》三部曲等。主要作品收入《罗烽文集》。

给流亡者

假如回忆是张辉煌的古画
你的心将永远被拖进幻想
辉煌以外的流离，苦难，耻辱，仇恨……
将被你永远遗忘

但那漫长的回忆呀
却是一幅浮雕的流亡图
凸出的棱角，明显的轮廓
即使瞽者也能摸出它的痛苦

假如你永远不眩盲
还能分辨出痛苦的颜色：
一把"武士道"式的利剑上
挂悬着四万万五千万人的血债

任你用血泪伴奏流亡曲
斩不断敌人的狠毒的心
"血债必须用血抵偿"
勿像绵羊在屠刀下呻吟

三九，四，十八。
选自 1939 年《全民抗战》第 69 期

罗 洛

|作者简介| 罗洛（1927—1998），四川成都人，原名罗泽浦，笔名荳芜、屈蓝、韦世琴、黎文望、泽浦等。20 世纪 40 年代初就读于成都树德中学和华西协合中学。1945 年起发表诗歌、翻译作品等，先后参与编辑《彼方》《奔星》《呼吸》《荒鸡》等杂志。中华人民共和国成立后，在青年团华东团工委员会、华东局宣传部和新文艺出版社等单位任职。1955 年受"胡风反革命集团"案牵连，离开文艺岗位，后调往青海转入科学部门工作。1980 年以后，历任中国科学院西北高原生物研究所副所长、中国科学院兰州图书馆馆长、中国大百科全书出版社副总编辑、中国作家协会上海分会副主席、上海笔会中心书记等职。著有诗集《春天来了》《阳光与雾》《雨后》《海之歌》，诗论集《诗的随想录》，杂文集《人与生活》等。主要著述收入《罗洛文集》。

在悲痛里

写在李闻被刺以后，写在成都……

一

呼吸

被抑压

声音

哑涩了……

冷笑

也是罪过

黑夜不准点灯

不准用眼泪祭奠屈死的人

不准举手

好心的人嘱咐我：

晚上要早点回家

门要关紧

书报

要烧掉

二

让生的生

让死的
死!

意志不结冰呀
战斗的信念
不磨灭!

八月

选自 1946 年《呼吸》创刊号

我底求乞

我想着我将用什么方法求乞……
——鲁迅

我作了一名
无用的乞丐
在豪华的、扑满灰土的
人底城和人底大街

一无所获
我两手空空
亦一无所欲
我垂手而过……

"我将得不到布施，得不到布施心
我将得到自居于布施之上者的
烦腻，疑心，憎恶。
我将用无所为和沉默求乞……
我至少将得到虚无。"

"我不布施，我无布施心"
我又何必要得到？
"我但居布施者之上，给与
烦腻，疑心，憎恶。"
我又何必不要同样得到？

我要么？
我不要么？
我要寻找幸福的金钥匙
打开天堂底门
跨进去么？
我不要探手生命的蜂窝
渴望地念：
"让我尝一点蜜，我就死去……"？

而我终于无所为
而我终于沉默
而我终于
"得到虚无"！
——又岂能止于虚无？

"于无所希望中

　　得救"呀！

我也得到我自己！

也得到

这从虚无里突发出来的

滴血的爱、

红炽燃烧的信仰、

痛苦而决不屈服于这痛苦的

我底蓬勃的心！

四七年八月。

选自 1947 年 10 月《荒鸡小集》之二《诗与庄严》

写在一个大的城市里

这里已经是码头了

　　——虽然它不是最末的一个

　　　像它不是最初的一个

当我从拥挤的船上跨下，在江边

倚着行李坐着，望着这大的城市

我底眼，我底脑，就被泛滥的印象骚扰着

而且刺激着——不让你思索！

于是我只空洞地遐想，痴呆地凝望

我似乎，在等待着什么，然而，又像无所等待……

在我底旁边，工人们一筐一筐地抬着煤抬到船上

船在加煤，在准备着下一段行程

我望着黑色的煤，你看得出什么？它蕴藏有多么巨大的力

量？……

　　船上，旅客们还在断续地下来，提着着皮箱，和篮子，或者空

　　　　着手

他们，有的，该回到温暖的家了（我想这些干什么呢！）

而有的，是不是也和我们一样

怀着异样的激情，热切的渴望

和聚积了几年的梦想

第一次跨上这陌生的地方？

力夫们肩着笨重的箱子和网篮走过

呀！那个力夫摔倒了，在那小桥上

好险！那箱子差点落在水里了！——为什么不落下去呢？

他们一代一代地就这样活着，活下去

捎着太重的箱子！摔倒！不断地

在无形之中被残酷地压伤，灵魂和肉体被压得出血

　　于是，他们底最大的梦想和快乐就是：怎样向陌生的旅客多弄

几个钱

于是，他们就在争吵中，在汗水和泥水和血水中

捎着太重的箱子，摔倒……

啊！我底劳苦的兄弟们！

你们怎么没有看见

大江就在你们底身边浩荡地流过？
你们底心中有没有闪动过那么一点光明？
你们怎么不抬起头来！……

这是大街，啊，大街！

看吧
满街的霓虹灯，满街的霓虹灯，满街的霓虹灯，
红的、绿的、黄的、白的
变幻着的，跳荡着的……
全放射着斑斓的光辉
象征着这城市底繁华，和一种力量
炫耀着，诱惑着，刺激着
以及征服着——

我曾经走进过一个巨大的百货商场
好豪华的灯光，众多的灯光
映照着闪亮的玻璃，使玻璃带着彩色
我底眼睛被刺得模糊，看不清
傲然陈列在玻璃橱窗里的各种各样的高贵的货物
我低着头迅速地走过
默默地走进又默默地走出

我流着汗，疲倦地在街上走
我走过一座电影院，行人拥挤
我注视着行人们底面孔
麻木的，疲倦的面孔，带着失神的眼光

穿着华丽的衣裳，向影院的大门涌去

我仿佛听到一种欢呼，在缓缓地向空中腾起：

——好莱坞的明星们万岁！

　　　上海，特别是香港的明星们万岁！

我好憎恶，我讨厌你们！可爱地蠕动着的小市民们！

你们被物质的浪涛淹没

你们底胸中再也没有理想的光辉闪耀

我走过好多高大的建筑物

斗大的字标明着，这些是贵人们和将军们底官邸

持枪的卫兵森严地在门口排立

老爷们！何必如此提心吊胆呢！你们是绝对安全！

这城市还是你们底！枪在你们底手里，杀人的刀在你们底
手里！

我不是垂着手，而且把手插在裤袋在你们底门前走过？

我只是一个没有身份证的青年，虽然我实在应该算是这土地底

　　　儿子，中国底人民

为了追求自己底一点理想和梦，我从远方来到这里

我底一个朋友就曾经被你们底宪兵搜查又盘问，盘问又搜查

为了没有你们赏赐的身份证？为了没有你们赏赐的证明书！

差一点被当作奸匪扣起，如果不是找到了熟人保释

老爷们！在今天，你们是绝对安全！

然而，在那天，在你们一直惧怕着的

明天，暴风雨就要来了！

今天我默默地走过，但是

在明天，你们听着！

我将欢乐于你们底官邸被人民的浪潮摧倒

我将在你们底瓦砾堆上吐两口轻蔑的唾沫

然后我将流汗，我将为建造新的平民住宅区而工作……

我走过这城市底大街小巷

一间漂亮的照相馆门口，陈列着伟人们底群像

一些人毫无表情地围观着，又走了；

一个广场上，矗立着一张房子一样大的画像

然而人们却漠然地从他身边走过

只有来往的汽车用灰尘扑打他

太阳用金色的手指戳他

雨点用冰凉的脚踢他

而我们底人民，我们底人民呢？

车夫们匆忙地赶着车，或者慢慢地走着，为别人赶着路程

擦皮鞋的小孩在弯背工作，为别人底脚拭拂灰尘

一个老人静坐在街边，他底面前摆着一个杂货摊

他木然地坐着，行人们在他底身边走过，没有谁买一点他底
货物

而他安详地坐着，看见一切又不看见一切

　　啊，他底生活是太过于苍老了

他底生命在慢慢地干枯着，干枯着

在这世界上，在这古老的国家里，他也曾有过一点甜蜜与幸福
没有？

而孩子们是快乐地在走着，背着书包到学校去

年青的教师们教他们唱歌、游戏，带给他们以人类底智慧

少男们和少女们，带着他们底饱满的青春学习着，工作着，恋爱着
虽然他们有的也是疲倦、饥饿、脸孔发白
而他们是在前进，向着新的道路前进
他们用自己底手安排着自己生命和生活

当我看见劳碌的主妇们在菜市场来来往往
当我看见一个小孩捧着一大碗饭，慢慢地咀嚼着
我就想到报纸上每天刊载的物价狂涨的新闻
啊，我们底人民是在艰苦地生活着，然而，是在生活着！

这城市在发着烧：我坐在屋里，灯下
淌着汗，呼吸着它底炎热的气息
而雨来了，密密的雨，密密地
落在这城市底发热的胸膛上，滋润着泥土
我望着天空，屋脊和屋角，和矗立的墙
街上有叫卖的铃铛声清晰地传来
还有嘈杂的人声，车辆底喇叭声，汽笛声
还有歌声，无线电播出来的一个歌女底妖娆的歌声，和孩子们
　　底天真的童音
还有我底邻居们底笑声、闹声、说话声、打牌声以及鸡叫的吵
架声
这就是这城市！这就是这城市！

我很少看报，然而我也在报上看到了
今天有两个人投江自杀，一个被救起，一个被淹死了
一个十岁的女孩被强奸，一个老头为了房子被霸占而气死
一个孤独的老妇没有人供养，吞下了火柴头，结束她底残余的

生命……

    我知道，这些明天就会被忘记的

    我曾到郊外一个忠烈祠去看过

    墙壁上密密地镂刻着死者底姓名

    草地上密密地排列着死者底墓碑

    在战争中谁数得清多少生命牺牲了？

    然而，你听！你听不听得见——

    开封被残酷地炸死的十万居民底冤魂在痛哭？

    常常，我也听到一些美丽的声音

    那是深夜，我已经疲倦了

    隔壁的收音机响了起来，震动着我底疲倦的耳膜

    我重新兴奋，兴奋地听着

    那美丽的报告，她说人民底军队在挺进，在挺进

    胜利的日子就要到来，就要通过艰苦的斗争到来

    我记起那晚上的那一场大雷雨

    电光闪射，雷声滚动着击下

    在一个爆炸的巨雷下，电灯被震熄了

    大的雨点无情地鞭打着

    啊，来吧！更大的雷雨，来吧！

    把这城市淹没！让它在淹没中新生！

一九四八年七月改完于南京

选自 1948 年《蚂蚁小集》第 3 期

旅　途

一

越走路越长啊……

我伏在这长途汽车的角落里了
我用沉默的眼光搜索着飞驰的田野和拖长的道路——
竹丛围绕着的房舍，和孤零地立着的小茅屋
一大片，一大片黄的和绿的田野，菜花和麦苗的田野
迟钝的耕牛的缓慢的脚步，践踏着沟边的细草
行走着的村民们，和村民们的探视的大眼
发着尖响的手推车，和挑着担子摇摆地前进的挑夫们
拥挤的小镇，和小镇上拥挤的人们……
我的眼光默默地碰着这一切，又默默地从他们身上跳过
尘土大量地卷起，从汽车的洞开的窗户扑进
好难受的风！我的眼睛迷惘了
然而，我是清楚地在想着
古老的都市——我的故乡啊，我离你愈远了！

汽车隆隆地前进，带着我，和满车的人前进
我思索着，回想着我的过去
我向前走，而我不能不回头望一望
望一望我所走了过来的印着我的脚迹的道路

我沉在情绪的起伏的海里了……

我的周围是陌生的人们，我不会被他们了解

我用双手捧着脸，我不要在他们面前露出我的激动的面容

而且，风大，沙土也的确多啊！……

二

我多高兴，我慢慢地穿过这广阔的田野

我的祖国的土地啊！……

我仔细地望着，望着

这香得闷人的油菜花，和花间无数嗡鸣的蜜蜂

这蓝色的苕菜花和蓝色的胡豆花，连成一片

这点点的豌豆花，白色的和粉红色的豌豆花

啊，这大麦，这茂盛的大麦群，在坚劲的春风里

麦穗高扬，像人披散着发在奔跑，而它们的脚植根在泥土里

了……

谁说这里的土地是贫穷和荒凉的呢？

你看！田野连着田野，农作物在勃勃生长

谁说这里没有丰饶的收获呢？

一个褴褛的农民牵着一条瘦削的牛走过

他麻木而阴沉，它身上的毛都被磨光了

啊，我们的人民贫穷！我们的牲畜贫穷！

而田野富饶，是谁夺去了他们劳动的血汗？

三

群山起伏……

这是早晨
我这个平原的居民走到山国里来了
啊，早安！你起伏的群山
早安！你高高低低的麦田和菜田
早安！你住在半山的人家，我多么羡慕你们
你们被群山的手臂拥着
被缭绕的白云和青绿的竹丛拥着
早安！你遍山的柏树，你们
长年忍受着风吹雨打，有的树干已被风吹得倾斜了
然而你们立着，傲然地立在山坡上
早安！你忠实而温顺的黄牛和水牛，你们细嚼着青草
你们多瘦！你们的主人在哪里？
早安！小河！你已经露出了多石的河床，虽然还潺潺流响
不要焦躁，小河！等待着，春天的水将奔跑而来……

我来到高高的山顶了
群山环列，臣服于下
田畴温顺地躺着，林木静肃
天广阔，太阳直射
云层像野兽奔驰，然而凝固
像波涛起伏，然而凝固
白云的边缘有太阳的金色的光芒……

四

路窄，两旁
堆砌着岩石

哈！石缝中有花开啦！一朵一朵的
小黄花，五瓣，花瓣看起来还很柔弱

我想摘下几朵寄给朋友们，我想告诉他们
只要生活得倔强而勇敢，岩石压不死真实的生命

然而几次我伸不出手来，在小黄花前
我虔诚地低下我的高昂的头

让它们自由地开吧，让每一个过路的人都能够看到它们
而且都能够从它们得到勇气，和对于生命的健旺的暗示

一九四八年三月，成都—中江

选自罗洛：《罗洛文集·诗歌卷》，上海社会科学院出版社，1999 年

我知道风底方向

我走过平原　丘陵　和山谷
春天，久雨初晴，太阳正好

春风不断地吹着，温柔地吹着
给人带来幸福和欢乐地吹着……

群树摇摆着身子欢迎
群叶狂拍着手掌欢迎
群鸟自由自在地飞翔
鼓动着矫健的双翅欢迎

呵，我知道风底方向
从麦穗底俯伏的头
我知道风底方向
从池沼底笑的波纹

我知道风底方向
从山坡上倾斜的树干
我知道风底方向
从我底凉爽的脸

我知道风底方向
风打从冬天走向春天
我知道风底方向
我们和风正走着同一的道路啊……

选自 1948 年《泥土》第 6 期

罗念生

|作者简介| 　罗念生（1904—1990），四川威远人，原名罗懋德，笔名念生、金人等，外国文学学者、诗人。1927 年在北京主编《朝报》文艺副刊，1929 年赴美留学。1934 年回国，翌年与梁宗岱合编《大公报》副刊《诗刊》。1938 年，与何其芳等人创办《工作》半月刊，参加中华全国文艺界抗敌协会成都分会。中华人民共和国成立后，加入中国作家协会。曾先后在北京大学文学研究所、中国社会科学院外国文学所工作。著有诗集《龙涎》，散文集《芙蓉城》《希腊神话》等，译有希腊古典戏剧多种。主要著述收入《罗念生全集》。

异国的中秋

烟云污毁了皎洁的月光，
西风逐落叶，秋虫为悼亡，
松鼠畏寒来我身边偎傍。

异邦人不解姮娥与丹桂，
他们爱的是灯下的煌辉，
让我独享这清凉的况味。

我听不惯那车辘的辚辚，
我嗅不惯那黄金的膻腥，
使我初来异邦顿起归心。

秋月呵，你移玉照我故乡，
望西蜀的老母泪下几行？
问蓟北的故人情怀怎样？

何处的丧钟，凄切复悠扬，
万物呀，不必惊心与悲伤，
我将随太白抱明月永殇。

十八年九月十七日

选自 1931 年《青年界》第 1 卷第 3 期

十四行

（一）

有一天上帝震怒了，自天门击出了
　　一个雷霆，有如当日与魔王

罗念生　/　147

争仗，惊破了天体，震落了无数的

　　星辰；上帝说："人，你不必猖狂：
你不看这几百万年的人类历史，

　　和永恒相比，一点儿也不算久；
你在大宇中的位置，和无穷对视，

　　渺小得如同乌有！我只须把地球
拖近一些，立刻就会化作

　　星云；或是把它轻轻的推移，
又给你一次冰期，就是一个

　　地震，一个火山的爆裂，也可以
毁灭你所有的文明！人，你只管
享受吧，怎样能够征服自然？"

　　　　　　　　　　　　十九年九月十六日。

（二）

往常时地球在天轨上面狂喜的

　　飞奔，无数的大星儿在无际的空中
自由的运行，那恒星亘古不移，

　　把不灭的光芒向着人间吐送；
如今好像是末日到了，那天狼

　　吞噬了日月星辰，地球也化作
流星陨入无垠，从此不见天光，

　　更不要盼望极光与彩虹出没。
哦，不看这光明与快乐的天宇，

　　为何顷刻就变作了地狱的阴沉？

是谁的造化，谁的毁灭？我恐惧，

　　我战栗，我要去祈祷造物的神——

这原是因为你不肯和我相爱，

天道不调和，还成什么世界？

十八年春。

（三）

我随着星士的指引，在天空探望

　　我未来的生命：我望见残月侵蚀了

　　爱星，我正昏痛欲绝，那星士

指点我南极星还有一线光芒；

我问他那北方的恒星能否永放

　　光明，照护我的生命？说时

　　那北辰忽然毁作了流星陨逝，

那彗星出来预兆了我的灾殃。

我哭泣，我畏惧，我求星士为我

　　禳祛那灾星，他说命运的注定

难移，叫我去到人间，依顺着

　　天心；我回头忽见那东方飞来了

一点灵光，他说那是奎星

　　再现，这下界又降生了绝世的文才。

廿年四月五日。

（四）

我当初失去了爱情，到不觉厉害，
　　只当是一阵暴风雨扑灭了心中的
　　烈焰，一会儿晴起来，那辽远的天空
浮着一片白云，悠悠的飘来，
悠悠的飘去了；但如今长久的阴霾
　　掩盖在心中，一阵空雷响动，
　　都不见雨水，地面的热气又无从
发泄，这样的天气真把我闷坏。
在还在生命的初程，未遭逢绝大的
　　失败与成功，友谊都应来一声
　　　　　嘲弄，不给我一点同情与鼓励；
可惜我在这苦涩的海水里洒下了
　　那无量吨的白糖，却没有半分
　　　　　蜜意，我从今再不肯浪掷这友谊。

廿年三月七日。

（五）

倘若我出远门，在黑暗的山中，
　　被一条响尾蛇啮伤了我的踝胫
　　直到我的脚腿肿得像腰身，
我还是啃着牙关忍着痛；
　　但若我白日坐在家中，我心疼的

猎犬误吞了一只黄蜂，变成了
疯狗来咬我一口，那我一定
活活的气死，不问那创口的轻重。
我会像安东里亚在埃及迷恋着
克丽娥芭娜，信靠她的一颗
　　真心；那知恺撒来时，他的
　　　　　将士反了，皇后的水师也投降了
仇人：于是这英雄在气愤之下，
　　提着一把宝剑剖腹身亡。

廿年四月十二日。

（六）

我孕育在根里时，常觉泥土的滋润，
　　当春雷响动，我忙把枝叶舒张，
　　太阳散给我生命的绿素，在少壮的
纤维管里循环；不久爱情的
花萼就开始展放，友谊的蔽荫
　　也渐渐的长成；那知呀，茂盛的时光
　　转瞬就消失了；秋冬的霜雪在头上
飞降，我不能不回到根里藏身。
我在生命的中途几经失败，
　　死神在阴暗里向我招手，我正思
　　　　　追随他去；忽然我忆起了这人间
唯有天伦的至爱始终不改，
　　我才赶快回来；母亲呵，我将似

罗念生　/　151

重死的婴儿在你的怀内酣眠。

廿年三月十九日。

（七）

自从我丧失了童真与爱情，对人生
　　尝到了绝望的辛酸，我便寻快乐
　　来麻痹我的心灵：我曾经迷惑
在"乐园"① 里在亚克娜茜②的唇边吸吮
她的香津，我最爱她那对丰润的
　　乳泉，像欲熟的蛋白在她的胸窠
　　乱滚乱动，她更煽弄着妖魔的
风情，那火气烧得我片体无存；
到如今我的身心已经感到了
　　一种疲劳，我的神经麻木得
　　像那坚冷的玻晶，不能透电；
因此我忏悔了！我要去皈依圣教，
　　看能否超脱我这半生的罪孽
　　回复我固有的性灵和纯洁的光天？

廿年三月卅一日。

---

① 　乐园："The Bowre of Blisse"。——原注
② 　亚克娜茜：Acrasia。——原注

（八）

不看太空中星球的吸引，太阳里
　　一颗沙尘可以压倒一匹山，
那一切原质的化合与化分，射放了
　　许多的光与热来培养这生命。不看
那电机磨出了磷火，拖引着车轮
　　好像一条长龙爬过，那高楼
压破了地壳，总有一天我们
　　可以用杠杆把这笨重的地球，
抛来抛去。又不看荷马的史诗，
　　圣经里说狮子会伴羊儿吃草，
米克安吉罗的雕刻，雄峻的摩西氏，
　　和近代立体的绘画，这都是依照
那力的表现：因此我们悟及了
这神律："力就是美，美就是力。"

廿年二月六日。

（九）

我上山去采取毒药，我要毒害
　　这世间所有的青年：我采得了几根
　　紫色的鱼毒，几瓣铜绿的蕈菌，
藤黄，莽草，爬山豆，和阴沟里的秋苔；
我从蛇牙里取出了黄涎，又在癞

蛤蟆背上挤出了白浆，蜥的鳞，

　　蝎的尾，蜘蛛的丝囊，蝴蝶的粉，

蜈蚣的腮足，和蜜蜂腹里的毒蛋。

我拿回家去酿成了蜜糖，卖给

　　那些年少的人尝，那知

　　　　　　他们服了毒药更添血色；

于是我重新提炼，滴进了几滴

　　女人的心血，他们这回吃了

　　　　　　一身肿烂，脸上发青又发黑。

廿年五月六日。

选自 1931 年《文艺杂志》第 1 卷第 2 期

殉　道

　　生不容易，死更不容易

这几千年才死了两人：

　　那是耶苏和苏格拉底，

为信仰和真理无畏的牺牲。

　　哦，你们这古代的圣贤，

你们像火鸾死后重生；

　　行为的果敢，与信道的贞坚，

你们超过了时空的准绳。

你们雅典人，和法利赛人，
你们的罪恶已经恕免：
　　要不是你们的天良丧尽，
真和善永远不能出现。

　　雷陀，柏拉图，和十二个门徒，
你们不必痛哭伤心；
　　要不是有人把血来衅涂，
这人间何来幸福的钟声？

选自 1932 年《青年界》第 2 卷第 1 期

筵　席

碰巧，我们坐在这桌席，
不必客气，也不必拘礼；
菜未来时先酌上酒，
让我们欢饮呀，别再忧愁。

盖面菜只有这三两块，
看谁的筷子来得快；
剩下的只是骨头与菜根，
一点儿不吃又饿死人。

谁要麸醋这儿有点，

白糖吃多了不会尽甜；
顶好添上几滴豆油，
辛的苦的，这样可口。

烛光一暗，我们就分手，
剩菜残羹不许带走；
跟着再摆上一桌鲜菜，
还不曾散尽，又有客来。

五、一日。
选自 1944 年《燕京新闻》第 10 卷第 26 期

罗 泅

| 作者简介 |　　罗泅（1922—1991），四川万县（今重庆万州区）人，原名孙钦平，曾用名孙音，笔名苏柳、哀羊、罗苏、尼曼、骆秋、孙暮雷等。1938 年冬从事宣传工作和文艺写作。1940 年在内迁万县的金陵大学附中学习，开始在《大公报》《新民报》《诗激流》等报刊上发表诗作。中华人民共和国成立后，先后任《新华日报》《新民报》《红岩》编辑。1979 年到四川万县师范专科学校（现重庆三峡学院）任教。著有诗集《星空集》《播种》《夜雾与阳光》等。

白居易颂

那时候
是帝王统治人民的时代；
那时候
是饥荒与杀戮的时代；
那时候

山野里暴露着白骨，

大街小巷闹着一片哭声；

那时候

诗人们却沉醉在花树下，

有的做了帝王的娱乐；

有的死抱着怪诞的字句，

在想象的海里浮沉。

那时候，

白居易，你来了！

你给诗的园林里放一把火，

烧毁了旧的园篱。

你的诗是支火把，

照亮了贫穷的农村，

让我们看清那些冻得发抖

饿得像枯柴一样的人民，

是怎样生活在黑暗的日子里。

你啊！白居易

那红的血，白的骨，黄的脸，

充满在你的眼里

花草没有了颜色，

因为，你的眼里，

只有老百姓的苦难。

那时候，

禁军常在夜半三更，

闯进百姓的家里去抢劫财物，
主人反要拱手陪笑，
白居易，这是你的诗。

那时候，
小孩在雪风里光着红肿的腿，
老人弯起腰流着清鼻涕，
官吏逼着缴去的布帛和粮食，
却霉烂在政府的仓库里，
白居易，这是你的诗。

那时候，
大官住在高墙里，
终日饮酒赏花，
百姓却睡在破茅屋里呻吟，
白居易，这是你的诗。

那时候，
贫农的稻谷只够完粮纳税，
却要拾取别人的遗穗作食粮，
白居易，这是你的诗。

那时候，
贫穷封锁着农村，
十家人有九家没有衣穿，
寒夜里大家围着蒿棘火，
愁眉苦脸地坐着等待天明，

白居易，这是你的诗。

那时候，
战争中又常遭到旱荒，
农民们只好忙着割黄草，
去换取富豪的马粮来充饥，
白居易，这是你的诗。

那时候，
织绫女却捏着酸痛的手，
坐在织机上深深叹息，
宫妃和官家妇女，
把缭绫当做一张草纸，
白居易，这是你的诗。

那时候，
十六岁的少女做了官人，
到六十岁还没有看到一次春天，
那头上顶着蓬蓬的白发，
白居易，这是你的诗。

那时候，
将军们为争取战功，
年青人在深夜里，
却悄悄用大石捶断了手臂，
白居易，这是你的诗。

你啊！白居易！
你有太多的愤怒，
在刀斧下，
你胆敢骂皇亲国戚，
和那些当权的宦官，
我仿佛看到你的手，
青筋暴露的在拍胸，

        捶桌，

        擂着大鼓！

你憎恶贪官污吏，
也喜爱替百姓讲话的好人；
你哭孔戡，
你怀念杜甫，
为他们，
你仰面对天长叹：
天啊！为什么不死坏人？

你啊！白居易！
僧徒，娼妓知道你，
处女，孀妇知道你，
别人诵唱你的诗，
你那湿漉漉的感情，
一滴一滴地落在别人的心上，
老太婆抿着嘴，
用衣襟揩着湿润的眼角，
年青人咬紧牙齿，
举起了握紧的拳头。

白居易，你的诗是火把，

照亮了一条新的道路；

在你的诗的面前，

李白脸红了，

王维低头了，

虽然杜牧在你的坟前，

骂你的诗纤艳淫秽，

他这反唇的讥讽，

正是在招供自己的十年扬州梦；

白居易，真理还留在人间，

世界没有被毁灭，

恶人的污蔑损害不了你！

你啊！白居易！

今天，我们向你来了！

这行列像风暴，

　　　　像狂涛，

那举着鲜明旗帜的人，

就是昨天带过镣铐的囚犯。

我们向你来了！

翻身的歌唱像在爆炸，

拳头在挥动，

枪声在响……

选自 1947 年《新诗歌》第 1 期

农村风景画

春耕了，
农村
田野里望不见往年的绿色；
走三里路的长途，
也听不到一点爽朗的笑声。

坡地上籼稻田里，
看不见一个壮年男人的影子，
锄地，耕田，耨草，播种的人，
却是些老头儿和年青的妇女。

那小河的渡头上，
不再见等船人像蚂蚁一样的拥挤了；
只有几只水雀在船头嬉戏跳跃，
撑渡的老头儿，
却坐在摆舵的地方佝着头打瞌睡。

山坡上，
早上埋下一个篾席裹着的人，
下午就有几只红着眼睛的野狗，
在围着撕食那血肉模糊的死尸。

多少国民学校里没有一个人，
那里面灰尘积有三寸厚，
全是些老鼠和野狗的足印。
只因为三月来政府没发一个钱，
教书的人都卷起被盖骂着走了。

常听到：
在月亮坝
做娘的逗着手里的孩子：
"麻狗呵：莫有见过老子的娃儿呵！"
但她又忍不住想起了当兵的丈夫。
三年了，没有一点信息，
她卷起衣襟去揩眼角，
又用手拉去大把大把的鼻涕；
旁边的白发祖父背过脸去，
望着天叹了一口气。

而今，那些树林边的茅屋顶上，
在黄昏中看不见有炊烟升起；
但那些寨堡的旁边，
现在却造了许多高楼大房，
还在屋外筑起厚厚的围墙。

大路上，有夹公文皮包的人骑马来了，
当家的人忙逃走躲藏，
女人家出来哭诉天干的苦情，
结果仍遭挑走了明年做种的稻麦。

兵来了的时候，
这里像来了瘟神，
桌凳被劈做柴烧了，
田地里的粮食喂了马，
你敢怨恨半句吗？
小心一枪托，一个五根指印的嘴巴。

保长的生日，
谁都要送去鸡、鸭、肉、米，
你不愿意吗？
三更半夜会有人来捉走你的儿子。

乡公所的命令，
牲口税，自治月捐，驻军马乾，不敷费……
出了款没有一张收据；
谁逾了限期，
第二天早晨一根绳拴进城去，
监牢坐上十天半月，
回来的人没有死也会脱层皮。

而今，粮价涨到望不见顶了，
农村到处都是哭声与叹息。
庄稼人饿不过逼起干了，
在岔路口的土地庙侧边，
常有人在白天用锄头扁担抢人，
抢走的：是半升包谷，一件破衣。

选自 1947 年《新诗歌》第 5 期

滚开，中国的荒谬时代

——送一群远行的人

去吧，呵，你们……
像一群出笼的鸟，
回到天空去自由飞翔。

你们
在祖国的土地上，
却像在英国的埃及人，
法律保障不了生命，
一个人抵不上一只蚂蚁。

当和平在枪声中成了谎言的时候，
我望见你们，
在雪亮的刺刀丛中上了大卡车；
我望见你们从车篷下伸出头来，
两只手死命地抓住车架；
我望见你们，
眼里闪动悲哀与愤怒的泪光，
向这说谎的城市告别。

在刺刀下你们的头缩进了车篷，
但你们的手仍把车架紧紧抓住，

我望着你们手上暴露的青筋，
我仿佛看到了解冻的河流，
你们的手阿！
呵，呵，我想起你们的手。

你们的手，
像一面鲜明的旗帜，
吃不饱饭的人们，
在你们的手下集合，
你们的手是一扇情感的闸门，
在你们的手下，
许多人在摇头叹息，
许多人在捶胸顿脚，
许多人在放声大哭，
许多人在咬着嘴皮扯头发，
许多人高举起了拳头……

你们的手，
拍过我的肩头，
也拍过你们自己的胸膛；
你们的手，
为一群子弟已经光荣战死的征属，
写过控告乡长吞没恤金的状词；
你们的手，
为一群妻儿饿得哭叫的工人，
写过要求增加工资的宣言；
你们的手，

为一群每天只喝两顿包谷羹的农民，

打死过逼缴租谷的地主；

你们的手，

为一群被活埋的青年人，

愤怒地举起过刀枪，……

去吧！呵！你们……

大卡车在警戒的监视中驶进，

你们都在车上低头沉思，

是不是在想那去得不远的往事？

在想那过去了的中国，

在想那愚蠢而残酷的时代，

和那些被放逐到西北利亚去的囚徒！

去吧！呵！你们……

那里是老年人也有笑声的地方，

明天是一个晴朗的日子，

你们听呵：

中国的天空有声音在响；

这是四万万人五千万人的呼声，

这声音像春雷一样的轰动，

这声音是在喊：

"滚开，中国的荒谬时代"

选自 1947 年《诗垒》第 1 卷第 2-3 期

那里·这里

那地方……

那里的蓝空飞着白鸽，
溪边响着面房的水磨，
城里找不出乞丐和茶馆，
乡里到处都是牛羊和纺车。

那里的军队不住民房，
不向女人嬉皮笑脸地唱小调，
秧歌舞像林子里鸟雀般的朝会，
不分男女老少大家舞着又唱着。

那里的人面孔红润，
农民的身上找不出血斑与青肿的伤痕，
过去哭哑了喉的人已破涕为笑，
鞭打别人的人已跪在群众的面前发抖。

那里呵是中国的土地，
那里呵是人人都想去的地方，
唉！雪亮的钢刀不许我说出那里的好处，
唉唉！我只有向往，向往……

这里的边地

连串的火把，
杂乱的脚音，
沿着山林的小路，
急遽地向那高高围墙的庄园走去。

突然，狗狂吠，
号筒，枪声应声响起……
黑瓮瓮的旷野呵！
像一锅开水在沸腾。
第二天，乡公所接到报告：

小湾的年青人都拖上了山。
于是，乡公所贴出门板大的剿匪告示，
于是，绅粮们带着箱笼忙着往城里搬，
于是，穷人们笑嘻嘻地说"耍转运啰"!

选自 1948 年《诗创造》第 2 卷第 4 期

绿 蕾

|作者简介| 绿蕾（1923—1977），四川开江人，本名黄道礼。1938 年，考入内迁万县的金陵大学附中，开始接触新文学，后在《川东日报》《武汉时报》等报刊发表诗歌、散文、通讯文章等。1942 年，考入中央政治学校政法科学习，与胡牧等人组织文艺研究会，编辑出版《诗部队》《文艺春秋》等文学刊物，并开始在《国民公报》《时事新报》《新蜀报》等报刊发表作品。1946 年大学毕业后，辗转成都、遂宁、重庆等地任教，从事进步文艺运动。1949 年后，定居开江，先后任政府职员和中学教师等职。著有诗集《燃烧的召唤》《爱的煎熬》等。

青 春

青春的镜子
照出了我的诗的日子
日子是诗呀
不能是散文！

娘，吃一口奶

我要乘上马走了

我要像年青的吉卜西

走到哪儿算哪儿

我无法生根……

到天山去呵！

怕什么积雪的寒冷

只要它白皑皑的雪闪得光亮

我会高呼——

中国的土地都应当这样洁白！

到科尔沁旗草原去呵！

怕什么遥远

只要在那儿每一步都可以醉饮绿色

我将迸放出不羁的调子——

明天，中国的屯垦员

会负着犁、锄、机具和国防用具，

向那儿流进……

到茫茫的西伯利亚去呵！

不怕它是当年俄罗斯受难者的坟墓

只要它的白桦林

还吹奏着曲子！

到芬兰湾去呵！

看渔火象跌来满水面的星辰

我喟叹——
渔夫们守着灯火便是守着希望!

到巴黎去呵!
有当年风流过的老太婆指示给我
这家的女主人已溜向波尔波多
带走了一双闪烁的眼睛——
这家的女主人守卫在北非!

到西班牙去呵!
看雪白的女神
跃入 Auandrier
去洗清耻辱!

到富士山去呵!
看和服的女郎
拈着樱花伤心……

到北非去呵!
到新大陆去呵!
到澳洲!
到印度!

娘呵——
我要出游!
我要出游
日子不能是散文

我要出游

凭着我的青春！

原载 1941 年《嘤鸣》月刊

我有满腔的爱恋（八首）

一　我有满腔的爱恋

我寒伧的

　有饥饿的面容的

　　西北原野呵

我有满腔的爱恋

　说不出来……

他也有

我们都有呀

　都是仰着蜡黄色的面孔

　　从罩齐眉毛的军帽下

看着你

　像看着离家的一晚

　　菜油灯下的

　　白发的瘪嘴母亲

　　　用枯柴似的手擦眼睛……

母亲
　　留不住儿子
你呀
　　当敌人脚步震动西南的土地时
我们也要噙着泪
分别

原野呵
　　把你的风沙再使劲向我们
拂扫吧……
原野呵
　　把雪再筛得疾速些吧……
好给我们一个
　　生根的记忆
像母亲呜咽的咛声
——儿，
　　只有芋头汤送你……

记忆着
原野呵
这里曾经有一簇人马
　　扬起一阵沉郁的
　　　　　　闪摇的骚响
有人在夜晚的雾气中
　　搓动着冷僵的手
　　削锐眼光
向远方

凝视着……

　　而他们
　为了迎接一个
　　更沉重的战斗
扛着武器、烧锅、棚帐
牵着马
走向了远方……

二　要翻山了

山
绵亘着
山
……

要翻山了
　从这条峡谷
　走进战抖的林子
翻过去
　将失掉
　老宿营地的
含情的眼睛的联系

回头
贪恋地看吧

萧条的村庄
发酸的市街
孤另的塔
早上披霜的
牧马坪……
熟悉的
在那里的
　　冷酒馆
　　卤羊肝、大蒜
　　卷烟
　　"军民合作"的红绿壁报
　　……

唱过小调
与大饼店主妇说过无邪的笑话
打过靶
站着岗
……

要翻山了……

三　一天，八十里

一天
八十里

石砾磨穿了脚板

让血滴过

中国的道路……

中国的路

有垦荒的山民走过

　　挑煤炭的走过

　　挑着自己的农产出售的走过

　　移防的士兵

　　像蚁队

　　走过……

血

滴过去……

记得开路的故事

　——猎人穿走在树林里寻狼

　　狼，穿走着寻人

　　狼的山臊气完了

　　中国有了路的交通，

　　联结着

　　成一张渔网……

有军用地图

有樵哥把手一指

　——穿过林子

　　纺纱的茅屋那面

　　通向街市……

嘲笑那些走了八十里
便去摘来一满手野草
吃草地咀嚼了
唾出来
敷上伤口的同路人

四　靠紧点，再紧点

靠紧点
再靠紧点……

风
摇抖
痉挛……

夜
有蹂躏的黑脚的夜呀……

三个人一条薄军毯
不要翻身呵
冷哩……

那家伙
打着哆嗦说些什么
——把被褡子加在棉絮上
他还在召呼

黄脸婆子

多加点哩

甜蜜的梦呀……

明天雾中的行列里

问他梦些什么

我们也好笑笑呵

渴望着

笑

像少年时渴慕着

牧羊女……

五　了解

了解他们

唾骂不射向他们

他们

　　被苦难撕碎了心的

　　朴实的中国老百姓

用战抖，害怕的手

　　在门上锁上生锈的中国铜锁

走了

怀念他们

不是为了我们

渴得发烧而希望送来
一桶桶的
茅草火烧出来的开水
是怕他们
　　在柏树下的稻草里的倦梦中
　　又一次为土匪打倒了高粱秆的壁
而哭醒来

了解他们
他们也终会了解
我们不是
讲绿林的黑话的

没有唾骂
而深深地怀念着……

六　一个红炀炀的名字

有一个红炀炀的名字
照着我们的心前进

灼灼的
闪呀
闪呀……

很多传说哩
——它如早上的红太阳
　　射出光芒

像金子的球

而里面有甜津津的水浆……

据说

那边初冬的山野

被这名字的光映得像火灾

像天上烧着红霞

会把眼睛烘热得出水哩

我说不圆活

他们是说

叫什么……橘柑

拿什么去买呢

口津有点苦涩呀

我又听到了苦闷的制止声

——别再提呵

那一个红炀炀的名字……

七　问询

提着两双新草鞋

她的声音怯着发抖——

你们中有没有他

小名叫狗儿

辛巳年

保长从打谷田里带走的

脸上一个大疤
老板的猎枪打伤了的
手皮烧黑了的
为他焙火药

实在的
有没有
我不是带他回去挖番薯
送草鞋
叫他去得更好呵……

八　劳军代表要来了

劳军代表要来了

有几十担棉背心
　几十担新草鞋
　几十担橘柑
　几十担书报哩

哭一哭呀
笑一笑呀
跳一跳呀

还有暖气
　向我们
　　流哩……

选自 1945 年《抗战文艺》第 10 卷第 2-3 期

绿　原

|作者简介|　　绿原（1922—2009），湖北黄陂（今湖北武汉黄陂区）人，原名刘仁甫，曾用名周树藩，笔名绿原、刘半九等，"七月派诗人"一员。1942 年考入内迁重庆北碚的复旦大学外文系，与邹荻帆等人合编《诗垦地》丛刊，同年第一本诗集《童话》收入胡风编辑的《七月诗丛》。1947 年回到故乡武汉，在《大公报》《大刚报》副刊上发表诗篇。1955 年受到"胡风反革命集团"案牵连。1962 年 5 月恢复工作后，在人民文学出版社担任德语文学的编辑工作。著有诗集《又是一个起点》《集合》《另一支歌》，文集《绕指集》《非花非雾集》《半九别集》等。主要著述收入《绿原文集》《绿原译文集》。

雾　季

劳碌的雾季呵
灰茫茫的水分纠缠在这漠阔的天空了

灰色的军队

大笑地从城市向着旷野行进

战争在地图底红线上开展着……

肥胖的商人们从乡村底角落　笨重地

挑着如其身体一般肥胖的箱笼

向着这曾经荒凉而又寒伧的都市里来了

他将最能迎合这季节底需要

在那新涂着油漆或者泥粉的招牌底下面

陈列起

那曾使他提心吊胆地从公路底遥远处运来的货物

向着财主们招徕……

而一些可怜的苍白的小市民

则捐起一点仅有的零碎的什物　悲哀地

在热闹的市街上　在装潢着光辉的屋檐下

卑怯地　拖着乞丐底步子走过

又在另一块乌黑焦乱的地方停留了

笨拙地　无可奈何地

以竹箧、木柴、稻草架盖着房屋

沿着一排健康的建筑　在那里

再做这都市底繁荣底帮助者

度着无数个千疮百孔的冰冷的日子呵

那挑箩抬袋的劳苦的邪许者

那提着香烟叫卖着的小孩

那嘶喊着新闻的报贩

那不知从何处而来的无数的客人
那车辆　那船只　那房屋　那店铺
那像洪水的嘈杂　那复杂的颜色
一切都以自己应有的姿态忙碌着
分份在车站上　码头上　街道上……

劳碌的雾季呵
灰茫茫的水份
纠缠在
这漠阔的天空了
那吁着白气的笛管
将再不喊出尖锐的声音
跟着雨雾而来的
将是严厉的风雪滚跌在地里呵

今天　罩子悄悄地轻轻地从高处落下
在我们底工厂里　在大烟囱底脚边
机器老早老早便热烈地轰响起来了

站在马达这边司开关的工人
要想穿过这灰茫茫的水份
去看那飞轮底旋转
——将是不可能的呵
然而，那轰响底旋律是多么和谐
曾经给空袭麻烦着而熄灭了的炼钢炉
今天，在这劳碌的雾季，又燃烧起来了
　　　（是谁在炉子底旁边　迷信地

贴着一张"开炉大吉"的红纸

还焚起香烛　放一阵鞭爆……）

呵，看这隆重的大火灾吧——

动力厂开动了鼓风机

将我们底炉子扇得更形盛旺了

冲天的火焰从风嘴里粗暴地喷出

夹着火星的泡沫在天空中旋飞着又纷纷地坠落了

那站在发电机旁的家伙老练地管理着

红绿白三种颜色的电灯泡……

他自如地掀转　电声则聒噪地响着

从外国回来的工程师拿着蓝色的玻璃片

像煞有介事地向着红色的炉口照看

口里则念念有词地喃喃着一些古怪的话

他身旁的记录员望着表　又在写些什么呢

几个穿着厚布套的痛苦着脸的工人

不顾一切地将长铁勺伸进炉口掏动

使人感到热燥地

铁流像瀑布般的从炉口源源地呕吐出来

倾倒在各种模型里　又像蜡油似的凝固了

于是　那拿着瓶子的化险员阔步地赶来

他以一个魔术家底口吻

向工程师神秘地报告

"硫黄成分很少

的确炼得好……"

……

……

呵

劳碌的雾季呵

劳碌的人民都将不顾雨雾底噜苏地来了

他们横冲直闯地行走在雨雾底下面

他们像蜂蚁一样地奔波……

而且，虽然眼睛看不见但是听着便给人以喜悦的

风车声　春米声　牛马底叫唤　鸡鸭底咕……

都清楚地毫不羞涩地从灰茫茫的田野底那边响来

呵……最健康的又怎么不是他们呢

你看他们是如何的爱着生活

他们真是没有时间来太息第一片黄叶底跌落啦

虽然——那怕着夏天的太阳的家伙们

仍不知这是雾季地躲藏在粉白的房屋里喘息着……

呵，劳碌的夏季呵

我——一个给病痛鞭打着的瘦弱的孩子

是用双手抚按着胸脯地对着灰茫茫的天地

想唱一支健康的歌呀

然而，雨雾是徐徐地沉重了

我想着……那将要降临的严厉的风雪

我向那劳碌的人民

呼喊着万岁……

选自 1941 年《诗垦地》丛刊第 1 期

青的谷（诗集）

自 诉

我骄傲
生活如风景——

第一，行走在阳光底踪迹里
第二，高声说话
第三，写着诗

从空间走来
向时间走去

我死了
就让人类底歌
抬起我底棺椁

惊 蛰

当羊队向棚栅辞别了旷野
当向日葵画完半圆又寂寞地沉落
当远航的船只卸卷白帆停泊了
当城市泛滥着光辉像火灾

从那没有灯和烛的院落出来

我将芒鞋做舟叶

划行在这潮湿的草原上

草原上，我来了

好不好，你那

    蓝色的　海底泡沫

    蓝色的　梦底车轮

    蓝色的　冷谷底野蔷薇

    蓝色的　夜底铃串呀

呀，星……

星是被监禁在

    云的城墙和

    云的桥阁里去了

然而，星是没有哭泣的呵

露水不是星底泪水呵

当星逃出天空的门槛

谢落在痛苦的土地上

据说就有一个闪烁的生命

跨进在这痛苦的土地上

那么，我想

——十九年前　茂盛的天空

那一片丰收着金色谷粒的农场里
我是哪一颗

今天
我旅行到潮湿的草原上来了
我要歌唱……

我也要回去的
等我唱完了我底歌
等我将歌声射动雷响
等我将雷声滚破
人类底喧哗的梦

小时候

小时候，
我不认识字，
妈妈就是图书馆，

我读着妈妈——

有一天，
这世界太平了：
人会飞……
小麦从雪地里长出来，……
钱都没有用……

金子用来做房屋底砖；

钞票用来糊纸鹞；

银币用来漂水纹；

我要做一个流浪的少年，

带着一只镀金的苹果

  一支银发的蜡烛

和一只从埃及国飞来的红鹤，

旅行童话

去向糖果城的公主求婚……

但是

妈妈说：

现在你必须工作。

这一次

那时是太晚了

村落间没有灯

闪亮闪亮的

是河水底声音

四面八方

黑流泛滥而包围

放野火好呵

河边

我们落营

我们唱着歌

像土地在呼吸

……听见

有人

沉落地

从梦底波浪

伸出手

在哭泣……

有的在咳嗽

有的在喘息……

不要睡

睡眠好痛苦

向着

被统治于夜的地带

我们召唤

来

——这一次

请灵感者

从黑流底最深处

醒来……

请风砂

从山谷

卷着星底旗子

吹来……

请你

起来……

我们将有

一次像潮水的集会

再让我

拥抱野火

将踢破夜层的笑声

像爱情

织成诗篇

选自 1941 年《诗垦地》丛刊第 4 期

碎 琴

——想着 C

（一）

夜好白呵

月亮像一只小河

响过你水晶的梦……

这时候

蚯蚓在唱着泥土的歌

我也要回家写诗去了

当我流浪到你底窗前
我听见
你在呼吸
你睡得好么
同志

（二）

向风雨的林子
去摘一只青色的果实
送给你
说这是我底礼物
——我不愿意

流着血
说是玫瑰花在流泪
——我不愿意

好
燕子是怎样
爱着这小泥屋底主人
我是怎样爱着你

（三）

我怕

你底眼睛

有着我底寂寞

你问我

好久好久

为什么没有声音

何必要有声音呢

我有一点忧郁

好像我有一点病痛

是你不能分担的

（四）

芭蕉的日子

我想起北方的雪……

但是

我相信

驼铃和沙漠的日子

我也会想起南方的果园……

正如

工作的时候

我要想着你

陪着你，又想着工作

选自 1943 年《诗垦地》丛刊第 4 期

马静沉

|作者简介|　马静沉，生卒年不详，四川青川人，浅草社成员。1918 年考入国立成都高等师范学校附属中学，与同学一起参加直觉社，出版了《直觉》半月刊，曾任《四川日刊》《新川报》编辑。

无　聊

一

火炉上水壶的不断的响声
正表示出我心中的躁烦了。

二

繁星在天，
正是我们相对无言的时候呢。

三

朋友，牢牢记着吧，
那逼迫着我们不能相聚的仇敌呵。

四

相思也如炉火一样，
烧得我的心壶里的血突突地跳了！

五

听！那是什么声音，
不住地在远处呜呜地叫着的？

六

夜阑人静的时候，
也正是我们互相埋怨的时候了！

一九二三，一，十五，夜半，上海。

选自 1923 年《浅草》第 1 卷第 1 期

深　夜

深夜的街衢，静得如同古道一般；
但为什么我的心反更沸得凶猛了呢？

我轻快地走过一个人影都没有的狭巷时
卧在檐下的黑花狗向我狂吠了。

这算是什么呢！——
辽远而寂静的街衢，终被我一步一步地走完，
在温暖的室中已躺着一个疲倦的我了。

一九二三，一，二十，上海。

选自 1923 年《浅草》第 1 卷第 1 期

孟 引

|作者简介|　　孟引（1909—1993），四川丰都（今重庆丰都）人，原名朱挹清，笔名孟引等。1926 年加入中国共产党，曾在家乡组织过农民暴动，失败后转上海等地从事文化工作。后到成都，参加中国全国文艺界抗敌协会成都分会，并主编会刊《通俗文艺》等。抗战胜利后，与王亚平、李索开、吴视等人在重庆组织文学社团骆驼社。中华人民共和国成立后，调西南师范学院任教。作品散见于《金箭》《笔阵》等大后方刊物。

锦江曲

带着潋潋微波的
锦城的一带清流，
洗过了多少年辰
两岸的污朽！
还要洗，还要流，
直到光明的另一个年头。

乞儿，无家的孩子，
常趁日暖风和时候，
嬉笑地在此游泳，
拍水，杂着呼啸，
度过整整一半天。
他们是那样地无愁。

那些持杖的老爷，
忧虑地走过石头桥。
他们有家屋，儿孙，
但他们不满而且诅咒；
因为这可爱的锦江，
到底却不归他们所有。

还要洗，还要流，
直到光明的另一年头。
看空中飞机盘旋，
在阳光中翻跟斗；
锦江于是含情脉脉，
流向遥远的天尽头！

选自 1940 年《笔阵》新 1 卷第 1 期

木 斧

|作者简介|　　木斧（1931—2020），宁夏固原人，生于成都，原名杨莆，笔名默影、心谱、穆新文、牧羊、杨谱、寒白等。1946 年开始发表文学作品。1948 年任《学生半月刊》文艺版编辑。中华人民共和国成立后，历任《诗向》诗刊主编，四川文艺出版社副总编辑、编审等职。著有中短篇小说集《汪瞎子改行》，长篇小说《十个女人的命运》，诗集《醉心的微笑》《乡思乡情乡恋》《木斧诗选》，童话集《故国历险记》，评论集《诗的求索》《揭开诗的面纱》等。

我们的路

一

我们从灰颓的城市来
我们从冰冻的季节来

我们来了
走过：
荒芜的平原
破烂的村庄
暗无天日的年代
黑色的泥土的道路

漆黑的夜
天空有闪烁的星
照着我们——
我们摸索着
穿过沉寂的小巷
阔步而去！

二

你
垂着手
你
在叹息

你呵
不愿意说话
痛苦地皱着眉头；
而你
躲在一旁
号啕大哭呵！

告诉我：

为了什么？

为什么有这样多的悲伤？

亲爱的朋友！

是不是

那个家伙

同你开玩笑？

是不是

你的小爱人

遗弃了你？

是不是

你的家乡

被战争的烽火埋葬？

是不是

你的瞎了眼睛的妈妈

不能最后见你一面就死了？

是不是

有太多的苦衷

积压在你的胸头？

你呼吸困难么？

你感到失望？

你想自杀？

三

呵！
朋友
你的不幸遭遇
正是我的；
我
和你们——
中国的青年
有着同样的命运！

朋友，
把你的手伸过来吧
让我们紧紧握着
向远方的道路
向向往的地方
一同前进！

生活
就是战斗
我们呼吸和歌唱在一起
我们拥抱和斗争在一起
我们走着各种不同的
相同的道路！

四

不是没有斗争
不是没有带路的人
不是没有路
朋友
是我们
没有向前走

今天
我们的生活
是一潭静止的死水呀！
不要停留
不要让年轻的生命
在等待中窒息。

我们的路
就在前面
勇敢地向前走
为生活而战斗……

五

朋友
我们前进
不要缩着手

不必再哭泣
把昨日的美梦
粉碎！
把骄奢和懦弱
杀死！

朋友
我们前进
把我们的手臂
向上抬起！
把我们的脚
跨出一步！

朋友
我们前进
必须
工作！
必须
出发！

六

去
向蚯蚓
学习掘土！

去

向蜜蜂
学习酿蜜！

去
看草木
怎样发芽！

去
看禾苗
怎样扎根！

七

去告诉
那个老太婆
不要叹息自己命苦
不要过分悲痛
要好好抚养
自己的下一代！

去安慰
年轻的寡妇
珍惜自己的身体
不要痛哭死去的丈夫
应该仔细想一想
是怎样死去的？

去教导
初生的下一代
教他们写字读书
带他们风雨中走走
见一见世面
想一想明天……

八

路
摆在我们的面前
快快启程
快快向前

让我们
骄傲地
摆一摆手
唱一首歌曲：
"山那边哟
好地方！"
我们正从山这边
向山那边去！

1949 年 2 月

选自木斧：《缀满鲜花的诗篇》，海峡文艺出版社，1987 年

五月的道路和我们的歌

一

从山的那边
通过冬的世界
金色的阳光在明耀
春天架起明亮的桥梁
五月来了……

击穿阴霾的云块
冲破冰冻的河流
像挣脱锁链的猛兽
以壮健的步伐
五月哗笑着来了

花在疯狂的笑
风在翩翩地蹈舞
谷粒在泥土里生长
土地在歌唱——
带着颤抖的感激……

二

泥土翻身哪
种子播下去哪
被侮辱与迫害的
受难的兄弟姊妹们
倔强地站起来哪

五月呵！
向垂死者唱起悼歌
让年老的人
在等待里死去
让年青的人
走向自己要走的道路

五月呵！
掀起了风暴
在血污的日子里
在残酷的肉搏斗争
五月——大地的保姆
用血与泪水
用狂暴的行动
教育着我们

让年青人的血液
涂抹

暴君的围墙

记录

活的历史

扬起

战斗的旗

扬起

新生的歌颂

三

五月的阳光

晒遍每一个角落

在这里

在这潮湿的地带

狂风击打着我们

阴影跟踪着我们

告诉你，兄弟

我底糜烂的心胸呵

多么需要阳光……

好兄弟

背着步枪

踏上光辉的道路

让陈腐的灵魂

遗留在身后

我要跟随着你们
走在一条大路上
用被荆棘刺伤的脚踝
忍受着暂时的痛苦
向远方跋涉而来

我爱五月
然而我一无所有呵!
除了一双紧握的拳头。

不用告诉我
那花朵　我知道
开放出鲜艳的光彩
那荒废的田园
也长出青绿的小草
我知道五月来了

不是五月向我们接近
是我们走在五月的道路呵!

四

妈妈
不要哭吧
你底亲爱的儿子
正直地站在你的面前

妈妈

你看呵

远远的青山

门外的沟水

笑得多么可爱呵！

妈妈

孩子是爱你的

爱着——

没有妈妈孤零的孩子

失掉母爱可怜的人们

妈妈

我恳求你

让我赤裸地

接受你的责罚吧

但你底孩子

要离开你！

我要回来的

当五月的阳光

照遍每个村庄

在那温暖的日子里

妈妈，你看

那燕子呵

飞回他的窠中去了

五

来吧
你从五月诞生的
勇敢的小兄弟
拍着发红的小手
骑着小竹马奔跑呵

来吧
你走在的上街
羞涩的大姐
放下你底
盛满绿色果菜的篮子
畅快地大笑起来了

来吧
你第一个走在
大清早的田野的
辛劳的朋友
带着你们的镰刀和锄头
这些地方
随处都需要开垦

来吧
你拄着手杖
蹒跚而来的老伯伯

你说：你不相信
世界是一座大花园
而你看见盛开的花朵哪

六

在祖国的土地
我们以庄重的心情
向五月
敬礼！

五月——
绯红的石榴花
在青春的心田
开放！
在灼热的爱里
燃烧！

五月——
我们有：
火红的花
湛蓝的爱情
绿色透明的海岸
灰黑色的泥土

五月——
在明洁的暗空

和宽阔的草原上
亲爱的朋友们
围坐在一起
歌唱！

歌唱——
为了五月！

七

让诗人马耶可夫斯基
走出来
从世界的一端
从阳光照射着的国土
用他不可抑压的
使人感到战栗而震惊的
霹雳的□声
向全世界的劳动者
向不愿做奴隶的子民
"一万万五千万"自由的兄弟
伟大的建设——"好"！

让诗人灰特曼
走出来
让他用深长沉重的声音
毫无疲倦地大声呼唤
掀起风暴

掀起狂潮

以海洋般的魄力

在人山人海里爆炸

让诗人艾青

走出来

向着法西斯

喷着火样的愤怒

向太阳

向火燃的地方

用他清新明朗的语言

写燃烧的诗篇

让诗人田间

走出来

带着农人淳朴的气质

配合着时代的节拍

用热情呼喊

那向我们走来的中国的春天

大胆而裸露地

走向广大的人群

让鲜明的梦

跃动在人民心里

让歌声

飘扬在中国的天空

被奴役的兄弟们

向歌声飘扬的地方前进

八

让火把点燃吧
让歌声摇荡吧
让号角
尖锐地吹起来吧
让两只脚
舞动得更厉害吧
让火的燃烧的热
装饰我们美丽的生命

唱呵！
唱呵！
看激动的兄弟
匍匐着跑过来了
看乌云笼罩的山边
有星光在闪烁呀！

五月呵！
我们忘不了
在进军的道路上
那吃人的家伙
还要污蔑我们
还在好笑……

我们的道路

要通过泥泞的悬坡

要通过垂死者的喉管

我们的歌

要从受难者的心底发出

闪耀着黎明的希望呵！……

一九四九年五月九日至十日深夜。

选自 1949 年《文艺与生活》第 1 卷第 3 期

牧 丁

|作者简介|　　牧丁（1916—1976），江苏涟水人，原名顾祝漪，又名顾竹猗，笔名牧丁、朱实、穆汀、石帆等。1934年考入江苏省立石湖乡村简易师范学校。1935年开始发表诗歌作品。1939年初，以战区流亡学生的身份转入"国立六中"师范部就读。在校期间，和贺敬之、李方立、程芸平等人组织诗社，办诗壁报，并开始在《华西日报》《笔阵》等报刊发表作品。曾在成都主编诗歌刊物《诗星》，在大后方诗坛产生过较大影响。中华人民共和国成立后，在南开大学、郑州大学等高校任教。著有诗集《寒云集》《未穗集》《荻华集》等。

太阳出来了

太阳出来了，我摇起了手杖……

我，悄悄的走向了
旷野，我用咽哭的

和泪湿的声音，唱出了
我自己的歌，像一个受屈的
孩子一边抽噎着一边找自己的母亲
我把我的手伸向了绿野，伸向了苦难的人群……
我的心更是泪湿的呵……

在南方，这潮湿的日子里
我失掉了生命的健康
在南方，这阴暗的日子里
我失掉了生命的颜色
在南方，这低小的日子里
我失掉了生活的倔强……

太阳出来了，照出了我自己的影子……
我沿住了稻已收获了的
田塍，我抚爱每一朵小红花
那是黑夜里的星，那是大地的希望
我用激动的燃烧的膀臂
拥向大地，拥向人类，拥向我自己的热情
把自己献给太阳下生长的希望……

太阳出来了，然而南方是泪湿的呵……
我向上望了蓝天
我向东望了远天
蓝天是大海，远天也是大海
何时得再见一叶白帆航过自己的

门前？因而，我热爱这南方难得的太阳
像热爱我妈妈在万里外寄来的信。
太阳出来了，我以苦涩的脚跟着远行的草径……

一九四一年九月二十四日成都。

选自 1941 年《战时文艺》第 1 卷第 1 期

生命的花

火底种子
越过了苦难的日子
死亡的边沿争来的
是燃烧的，是傲岸的
生命给与者的花朵

有痛快的哭泣，响亮的
笑；有火热的恋爱
流血的斗争——白的放在白的
地方，黑的放在黑的角落
是这样，是这样的生命就开了花

九月十七日中兴场

选自 1942 年《笔阵》新 2 期

我走在南方阴雨的路上

—— 一九四一年秋答在黄河畔的诗人夏天

多山的南方，多么的
潮湿呵，多雨的
山，多雨的城，
多雨的天空
多雨的我的
心，多少日子了
我没有看见过太阳……

我孤独的走在路上，按低了
帽子，帽顶成了湖，帽檐挂下了
冰冷的瀑布，我凄苦的
沉思，那一天，我这双破皮鞋的
船，才能航出了这个绝港……

南方，多雨的田野
稻已收获了，但并不是寂寞的
有哗哗的歌唱的小河
有风声飘摇中的草穗子……
然而，他们只在涂深我的忧郁

我走着，没有停息过，我是了解的

路是没有终点，我也梦过天蓝的
睡眠，我也高喊过需要休息
但我更怕跌死了人类的希望
我要保护她，用像保护每一个嫩弱
婴儿的那个母亲的心，在这多雨的日子里

天是这样的
低沉，雨是不住的哭泣
风溜过了竹林，掠过了
橘子林的尖梢，走上了
原野，衰黄的草
都倒去了，我咽哭的
是人类像是永陷在不拔的苦痛里……

选自 1942 年《诗星》第 2 卷第 2-3 期

望太湖

水因湖有所容注
我有份，也是其中的一滴呢

湖得好山而活
天地有湖，乃有了生命

信哉，鱼相忘于江湖

你我因而骄傲，并不孤独

有所舍，始有所得
你我向湖献出一切吧

你我消失了
给后人好留下万顷汪洋

八月二十九日成稿

选自 1949 年《长歌》第 1 卷第 4 期

穆 仁

│作者简介│　穆仁（1923—2019），四川武胜人，原名杨本泉，曾用名余之思、苏丛、何碧，笔名穆仁等。1937 年到重庆北碚兼善中学学习。1940 年，和同学成立了突兀文艺社。1941 年起开始发表诗歌作品，1946 年出版诗集《早安呵，市街》。1947 年毕业于复旦大学新闻系。1948 年回到重庆新闻界工作，先后在重庆《商务日报》《重庆日报》任记者、编辑等职。著有诗集《工厂短歌》（与杨山合著）、《绿色小唱》《海的记忆》《音乐浪潮》《星星草》，诗论集《偶得诗话》，寓言集《雄鸡下海》等。

路之歌

路呀，伸展
伸展向远方，
远方呀山多溪水长！

高山挡不住人行路，

水流截不断远游路。
不怕坡陡岩又悬呀，
千万根树木把栈道来铺；
不怕河宽浪又涌呀，
数不清的桥儿连哪船儿渡。
只要第一个人足迹走过了，
无数的脚步就会把它拓成路。

路呀，伸展
伸展向远方，
远方呀山多溪水长！

选自 1944 年《国是》第 2 期，署名木人

河船桥

一　河

没有船，一条三丈宽的水
告诉你一句话："隔河千里。"

没有桥，渡河是说不定时间的，
牛郎织女一年才相会一次呢！

是的，"有一座桥多好啊！"

你望着滔滔江水说："船太忙于奔波……"

谁能为相思的银河搭一座桥，
不让心和心隔上一段距离……

二　船

水，船的镜子。
背靠背，水里也有一只船。

一道启碇，航行，停泊，
一只船在水底，一只在水面。

水面倾泻着阳光，
水里绕上万道生姿的金线。
镜子照出船的搁浅，背脊骨朝天，
照出褴褛的水手，倒霉的船老板；

照出船的生病，叮叮的修补，
无尽的险滩造成的腐朽，
运气好，从风浪石角口里
抢回苍老的身子，劈成柴烧饭。

生在水上，长在水上，
把一生交给昼夜呜咽的镜子：
告诉它明天又有一只新下水的船。

三　桥

桥是一条虹，
连起两个间隔的国度；
让两条绝路挽起手臂，
让可爱的温热交流。

寂寞而无荣誉，
不在河里涨水的时候，
没有人记起桥的名字。

——三十二年十二月，北碚。

选自 1944 年《诗前哨丛刊》第 1 期，署名木人

丘 琴

｜作者简介｜　　丘琴（1915—2006），黑龙江宾县人，原名邓天佑，曾用名丘铁生，笔名天佑、丘琴等。抗战前，就读于北平东北大学，开始发表作品，与李雷、马加、碧野等发起成立北平文艺青年协会，与孟英等人发起成立中国诗歌作者协会等。抗战爆发后到重庆，在东北救亡总会工作，曾先后参与过《反攻》《文学月报》等刊物的编辑工作，到晋东南战地进行采访。中华人民共和国成立后，调往北京中苏友好协会总会工作，开始致力于俄国和苏联诗歌的翻译工作。主要译著和著作有《苏联诗集》《马雅可夫斯基选集》《普希金全集》《丘琴译诗集》等。

向北方
——沁河草之一

我有一个迢遥的念想，
飘落在辽阔的敌人后方。

五月，
榴花照眼红的时候，
我走了，
向北方——
走向战场。

和我结伴的是：
暖壶，
干粮袋，
一条军毯，
一个行囊。

在黄河边岸，
我洗了手和脚。
河心里留下我的影子；
（那一身绿军装！）
我的欢快的歌声
也飘荡在河面上。

我，
行走在中条山上。

清早，
（天还黑蒙蒙的）
从土炕上爬起，
抖落一天的疲倦
走吧！

忘掉那

夜来的臭虫跳蚤痒；

也别再牵挂那

"留人起火"小店；①

迎面是——

一阵山风的清凉。

中午，

太阳伸着火舌

烧烤着我：

汗水流遍了周身，

湿透了军装。

但是，

人可别腿软呀！

多危险的那

六十五度斜坡

狭路的地方！

望上看一看：

山头上正有一棵老树，

树荫下也好歇凉。

傍晚，

休宿在山脚下的农家里。

听白发老人

---

① 山中宿店皆在墙头上用白灰歪歪斜斜地涂上四个字："留人起火"。——原注

讲游击故事①

令人笑断肚肠

夜里，

兴奋使人合不上眼。

听——

崖边冲流的山水

正奏着优美的旋律，

涛声送我爬过

梦幻的山岗。

明天，

早阳还来迎我，

（我清楚的知道）

它将从东边的天壁滑升起，

披满一身霞光。

一九三九、九、一七，重庆

选自 1939 年 9 月 30 日《大公报》（重庆）副刊《战线》

---

① 老农民熟悉很多八路军打游击的故事，讲时带有浓重的神奇意味，有声有色。讲到该笑的时候，讲者和听者都笑得直不起腰来。——原注

沁河三唱

一

沁河的水呀——
年年流淌。
流不尽那
人民的愤怨；
流不尽那
人民的哀伤。
人民的家舍呀，
全变成了火场，
　　　　血场……
人民成群地
　　流走四方——
老军人把泪珠儿
滴落在风前；
年青人
手触着死亡……

二

沁河的水呀——
水面上泛荡着

金色的阳光。
这阳光，
也照耀在原野和山林；
这阳光，
照亮了人民的心房：
人民们抹掉泪水
拿起枪——
呼啸向战场。

三

沁河的水呀——
流水响叮当。
人民们在河干
正热情地歌唱。
歌声里颤跳着
　　复仇的欣快，
　　战斗的欢狂，
和那
　　胜利的渴想。
这歌声，
冲破淡青色的河雾；
漫过起伏的山岗——
向遥远，
飞扬，飞扬……

一九三九年尾，七星岗

选自 1940 年《文学月报》（重庆）第 1 卷第 1 期

屈 楚

|作者简介| 屈楚（1919—1986），四川泸县（今四川泸州）人，原名屈智宗，笔名沈灵、江灵、灵、老龙套、石判官、牛何之等。1937年到成都，开始写作。1943年到重庆，与王亚平等人先后创办诗家社、春草社。曾协助编辑《中原》《群众文艺》等。中华人民共和国成立后在上海人民艺术剧院、上海市作家协会工作。著有诗集《摘星者的死亡》《狂欢的节日》，剧本《茶馆曲》《北京钟声》等。

夜

你
茫茫而又阴沉的
向我露齿狞笑的
夜啊

太阳一落
你便来回的蹑着脚尖走动在我的窗前

你屏闭着呼吸，从窗罅里窥探着我
你轻轻地打着口哨，
用你那锐利的长指甲弹击着我的窗

我知道
你原没有一点好心肠
想趁我一个不留神
便疾疾的走来，拿你那狗牙样尖的指头
紧紧扼住我的咽喉
　　而我，便会
　　　一声不响的
　　　　　倒地死去

那是一个无比的阴谋
那是一个旷世未有的狡计

然而
夜
告诉你
那样我是不怕的

就在今夜
我已安排好一把，
足以削断你那长着钢毛般的魔掌底宝刀。
我已在日记上写好
教朋友们不必悲伤
母亲不必偷偷流泪

我将像那传说里的山羊①
和你搏斗一个通宵
看，天明时
太阳照着的是你的
还是我的
血迹

选自 1942 年《诗家丛刊》第 1 集

三个瞎子

命运的魔爪挖去了瞎子的眼睛，
没有眼睛的人却喜欢预言人底命运。
大街上睁着眼睛的人们一个个围了上来，
听这从不曾见过阳光的人讲说虚构的光彩。
那个老婆婆居然感动得红了眼睛，
为的是瞎眼人讲述了她悲惨的命运。
于是第一个瞎子站起身来，
用一条竹杖代替他们的双眼。
第二个瞎子也收拾起了三弦，
他们后面是顶会预言的第三个瞎子。
三个瞎子静静的笑着弹起了三弦琴，开始旅行，
一大群睁大了眼睛的人出神地望着他们的背影。

一九四四年秋，重庆
选自诗集《摘星者的死亡》，春草诗社，1946 年

---

① 指那寓言里塞根先生的山羊，和狼博斗一夜的故事。——原注

任 耕

|作者简介| 任耕（1923—?），四川成都人，原名赵适，曾用名赵光宜，笔名先宣、胡衍、励毅、赵归等。平原诗社成员。20世纪40年代，曾与蔡月牧、寒笳等人创办《华西文艺》月刊，并在《新民报》《华西文艺》《华西晚报》上发表文学作品。

沉默——给友人

是的，三年了
我沉默着——

像黎明前的
黑暗；
像暴雨前的
阴霾；
像胎动前的
痉挛；

——我，无声地
学习着
明天的歌。

选自 1944 年 3 月 30 日《华西晚报》副刊《文艺》

秋　天

曾经装饰过田园的
窗户的绿叶，褪色了；
从听见惊蛰的第一声雷响
就出发旅行的
长蛇，回家了；
蚂蚁更忙碌了；
而金色的打谷场上
农民们，用小车
载着粮食
沿着阡陌，走向了仓库。

　让以别人的苍白
　换得自己的肥壮的
吸血的蚊蚋，悲鸣吧；
　让以五色的衣衫
　虚饰过暂短的青春的

蝴蝶，失魂落魄地

乱闯吧！

远处的枫林

　　已为它们命运的末日

　　按起了红色的警旗

　　迎着风

在飘……在飘……

四四初秋

选自 1945 年《笔戈文艺月刊》第 1 卷第 1 期

任 钧

|作者简介| 任钧（1909—2003），广东梅县（今广东梅州梅县区）人，原名卢嘉文，笔名卢森堡、森堡、叶荫等。1928 年，由广东到上海，就读于复旦大学，同年加入太阳社。1929 年，离沪赴日本早稻田大学文学部学习，与蒋光慈、冯宪章等人创立太阳社东京支社。1932 年初回国后，与杨骚、穆木天、蒲风等人发起成立中国诗歌会。1937 年离沪，辗转镇江、武汉、重庆，到达成都。抗战期间，先后参加文艺家协会成都分会的工作，与王亚平、柳倩共同编辑出版《诗家》丛刊。抗战胜利后返沪。著有诗集《冷热集》《战歌》《后方小唱》《十人桥》，诗论集《新诗话》，中篇小说《爱与仇》等。

雾

雾
——白茫茫的雾
雾

盖住了树木，房屋
　　　　　　　山岗，河流……
雾
　　　遮断了璀璨的阳光
　　　　　　人们的视线
　　　　　　　所有的道路……
雾
　　　——一只惨白而巨大的魔手

这时候
许多人
　　　都感到了
　　　　　　极端的迷惘
　　　　　　无限的焦躁
　　　　　　难堪的苦闷……
像居住在深海的鱼类
　　　　——变成了一个谜
看不清眼前的一切
更猜不着
　　　前路
　　　　　　正有着什么东西在等待
　　　　　　　　　　在埋伏
然而
我
　　　——一个永远乐观的歌手
却在使人窒息的雾气中
　　　也不打算停止

　　　　希望和快乐的歌唱
　　正像一株常青木
　　　　便在冰雪里
　　　　　也不打算脱下
　　　　　　苍翠的衣裳
　　因为我能够
　　　　透过重重的雾罩
　　去看出
　　　　太阳的灿烂辉煌
　　因为我知道
　　　　弥天的浓雾
　　　　　会带来一个大晴天
　　而跟着沉闷的雾季来的
　　　　将是春天的美丽和明朗

　　　　　　　　一九四一、一月二十三日、于浓雾中的山城。

　　　　　　选自任钧：《为胜利而歌》，国民图书出版社，1943 年

当那一天来到的时候

　　像在漆黑的深夜
　　　渴望着
　　那必然会来到的黎明
　　　如今，我们也在
　　生和死的搏斗中

渴望着

那必然会来到的日子

——那飘散着

蔷薇和月桂香气的日子

那渲染着

太阳的光辉和颜色的日子

那充满着

歌唱和欢笑的日子

那最后的

战胜了敌人的日子

当那一天来到的时候

纵然是在严冬

花儿也会开遍在

山上、野外、和田间……

纵然是在黄昏

太阳也不愿意

马上下山

纵然是在三更半夜，

人们也记不起

睡眠和疲倦

当那一天来到的时候

年轻人都将感到

从来没有的快乐和兴奋

——好像自己是在做新郎

许多贺客正挤满了家门

白发老人
　　也突然变成了
　　　天真的孩子
让绿波般的笑痕，
　　漂没了满脸皱纹
有的还在眼睛里
　　充满了快乐的泪水
　　震颤着语音：
"想不到我们的老眼
　　真能看到
　　　这一天的来临
就是马上死去呀
　　我也万分的甘心……"
而孩子们呢——
　　也好像把
十次百次的大年初一
　　并作一起过
纵然小胸脯
　　有山谷那么大
也装不下
　　这天大的安慰
　　　天大的欢欣

当那一天来到的时候
在前方——
那身经百战的勇士们，
　　将在战壕中

骤然抖去

　　满身的灰土

抚摸和狂吻

　　那从肩上卸下的长枪

——正如对那

　　曾经共过患难的知交一样

然后，才轻微地

　　叹一口气

　　　　对着它说：

"亲爱的老伙伴

这几年来

　　你也够辛苦了

从此应该

　　好好地休养休养……"

在后方——

那些拿斧头凿子的

　　　　拿锄头镰刀的

　　　　拿笔杆的……

也暂时放下了

　　他们的"武器"

　　——像放下了

　　　　万斤的重担

让两眼放射出

　　灼热的光芒：

"我们在一长串

　　　　黑色的时日里

所受到的骄傲和试炼

所费去的心血和力气

　　如今总算获得了报偿"

流亡在异地的义民们呢？——

也将忽然地

　　忙碌得像风车一样：

一壁整理

　　回老家去的行李

一壁抚摸着

　　孩子们的头儿

让狂欢和感慨

　　像急流激荡在胸膛：

"孩子们呀

你知不知道？——

那一年

　　我们匆忙离家的辰光：

你还在母亲怀里吃奶呢

哥哥也还不大会走路

　　只好由爸爸背在背上……

这些都还仿佛是

　　昨天的事体呀

如今你们却已经长得

　　这么大，这么长……

孩子们呀

你知不知道？——

我们当年是从漫天烽火中

　　好容易才逃出来的啊！

我们抛弃了

田园、屋宇、……
　　和祖宗的坟墓
跟我们一同上路的
　　只有饥饿、疲乏、和死亡……
唉！那种
　　艰苦狼狈的情况呀
　　　简直无法形容！
　　　　　无法想像！
如今，我们总算
　　捱到了这一天
　　——让车和船安安稳稳地
　　送我们回到那
　　　久别的故乡……”

当那一天来到的时候
长江、黄河、珠江……的波涛
　　会变得格外奔腾
　　　　格外汹涌
泰山、嵩山、衡山……
　　会显得格外雄奇
　　　　格外高耸
西湖、玄武湖、洞庭湖……
　　会变得格外美丽
　　　跟以往大不相同
仿佛她们都特地
　　洗了一回澡
　　化了一次妆

为着要对这日子
　　表示热烈的欢迎和赞颂

当那一天来到的时候
聋子会分辨出
　　最微妙的音律
哑巴会讲出
　　长篇大论的话语
白痴也会突然
变得异常聪明和伶俐
云雀、画眉、百灵……
　　和其他一切的鸟类
也会组织
　　许许多多的歌咏队
　　许许多多的管弦乐团
在地上、在空中
　　一壁歌唱、演奏
　　一壁不停地飞、飞、飞……
篱笆下面的
　　不知名的小草儿
也会特别吩咐
　　她们的姊妹和兄弟：
"喂，我们不能那样随便
　　　　　　　那样萎靡了
让我们都把头抬起来吧
让我们都显得异常骄傲吧
　　因为我们也属于这块

光荣的土地

不可征服的土地

　　而且，正跟这土地上的

四亿五千万钢铁的灵魂

　　生活在一起

　　呼吸着共同的空气呀……"

像在冰雪的严冬

　　渴望着

那必然会来到的春天

　　如今，我们也在

生和死的搏斗中

　　渴望着

那必然会来到的日子

　　——那最后的

　　战胜了敌人的日子

她距离我们

　　是多么近呀！

我们已经能够

　　听到她的声音

　　闻到她的香气

　　看到她的形影……

然而——

她距离我们

　　又是多么远呀！

我们要抱她，吻她

　　还得走完一段

长长的路程

——而且，它是那么

曲折、崎岖、泥泞……

还得使出

始终不会疲乏的脚力

向前走去

——风雨无阻

昼夜不停……

一九四二年秋，最后改定于陪都。

选自 1943 年《文艺杂志》第 2 卷第 2 期

桑 汀

| 作者简介 | 桑汀（1917—2005），浙江绍兴人，原名冯白鲁，笔名白鲁、桑汀等。1935 年参加革命工作。1938 年加入中国共产党，1943 年考入复旦大学。曾参与重庆《诗垦地》丛刊的编辑出版活动。中华人民共和国成立后，在东北电影制片厂工作。著有诗集《囚徒之歌》等。

江边·图景

江 边

嗨，静静地流，慢慢地流，不声不响地流啊，嘉陵江
嗨，在绿色的山丘间，在白云片片的蓝天下，流啊嘉陵江
嗨，流啊嘉陵江，带着忧伤你每天弯过青色的草坡
哎嗨，忧伤啊，你潺潺的流水是你仰天的久久的叹息

嘉陵江啊，你底清澈的江水照见你自己的哀愁

你涓涓而流的波纹该不是你苦痛的表现
但是谁凌辱了你使你暗暗地涕泣
你起伏着胸口像有着无穷的诉说

当夕阳跳过山头我往往孤独地徘徊在你身边
我寂寞得数起对岸的渔火，一盏盏，像一个明朗之夜底星斗
我爱这里的星可也爱着山外远方的星啊，嘉陵江
我要摘一朵晚霞装饰你底梦境也装饰我的梦境

流啊，愉快地流，勇敢地流，自由自在地流啊，嘉陵江
我们的梦将有鲜亮的日子，鲜亮得将像五月初升的朝阳
当我看见你欢喜的笑脸上漾起一丝丝的欢跃的波浪
于是我唱起星星底歌，太阳底歌，海和土地底歌
对啊，你就这样自由自在地，勇敢愉快地流着啊
我底歌声也自由自在地伴和着你兴奋的调子永远高唱……

图　景

你声声测量着深夜的金铃子
你嘶哑着嗓子哭叫的夜蝉
还有，你愉快唱着的嘉陵江底流水啊
我请你们，暂时停止你们的劳动
请不要扰乱我的安宁
为了我要思索那美丽的图景

我思索美丽的图景
只容许星星作我底友伴

月亮啊，也请你暂时到云里去做梦

尽管你气恼得嘟起了嘴唇

我望着灿烂耀眼的星光

星光下面闪耀着我壮丽的图景

    看呀，一大群一大群的人嘻嘻哈哈地跨过来了

    他们这儿那儿的来了，手挽手地来了

    他们停落在竖着一座铜像的广场上，集合了

    哦哈，他们的服装都那么漂亮，他们的姿态都那么漂亮

    哦哈，他们底手都举起来了，他们底喉咙都作着播音筒了

    哦哈，他们底声音这样响亮啊，他们像在对铜像作钢铁的

宣誓

我望着灿烂耀眼的星光

星光下面闪耀着我优美的图景

    那里的田野长满了金黄的麦子

        山顶长起了一排排的青松

    那里有各色鸟在晨间的树林歌唱

        落日的光辉把世界装扮得如此鲜艳

    那里的风永远吹着自由的乐曲

        河流也天天因愉快而喧笑欢腾

请不要扰乱我啊

你声声测量着深夜的金铃子

你嘶哑着嗓子哭叫的夜蝉

还有，你愉快唱着的江水

我请你们，暂时停止你们的劳动

为了我正在思索那壮丽的，优美的图景

选自 1943 年《诗垦地》丛刊第 4 期

培养着的忿怒

拖着疲惫的步履
我不愿回到所居住的地方
黑夜扇着翅膀走来时
我是比囚徒更怨怼地
埋头移动着我沉重的脚步

没有一面窗
屋内与屋外的世界是分开的
没有一道隙缝
引领着深深的叹息

习惯于沉默了
年青的生命被蛀蚀着
一个呵欠紧跟着一个呵欠
静寂中是埋藏着抑郁的

孩子在黑暗里睁一下眼
又在黑暗里乏力地闭起
做母亲的在默数时间的脚步

等待最后的命运到来

推开黯黑的门
缓缓地走近床沿
我怕听见低低地啜泣
屋外阳光的记忆是深切的
茫茫的人海里是会迷失了自己的

一切要来的我知道会来
又何必流泪与哭泣
苦痛是我们的粮食
未来也决不至于陌生
你知道它会喂养我们的过去

我像一个囚徒
走进牢狱般地屋宇
我怕　我又怨怼
但我是比屋子更默默地
默默地我培养着愤怒

我是没有眼泪的
已习惯于生活的欺凌
只准备有一天我会忽然翻过身来
给它一个无情的报复……

一九四五春于陪都

选自 1945 年《诗丛》第 2 卷第 1 期，署名冯白鲁

沙 金

|作者简介| 沙金（1912—1988），四川重庆（今重庆市）人，原名刘稚德，笔名佳禾、谢霞等。1935 年开始发表文学作品。1946 年到上海。中华人民共和国成立后，曾任《人民诗歌》编辑、《萌芽》编委等职。1959 年加入中国作协。著有诗集《人民铁骑队》《新纪元开始了》《不准武装日本》《祖国，我歌唱你》等；翻译诗集《当斯大林号召的时候》等。

铁 流

我们是一股铁水，
活活泼泼、
昼夜不息、
迅速地勇敢地
流……
流在这里、流到那儿，
我们是火的化身，

熔炉里炼成
有千万道金箭、
巨大铁锤。
我们无孔不入、
有缝地的所在
便有我们。
在暴风雨中
我们精神百倍
不怕雷霆轰袭、
愈冷我们愈显坚硬，
愈遇高压我们愈见团结。
看吧！
毁灭了鬼子的毒爪
给打击者以千万个打击。

选自 1938 年《诗报》第 1 期，署名佳禾

沙　鸥

|作者简介|　　沙鸥（1922—1994），四川重庆（今重庆市）人，原名王世达，笔名失名等。中学时代即开始在《新蜀报》《国民公报》《新华日报》等报刊发表诗歌。1942年考入中华大学化学系就读，其间继续诗歌创作，并积极参与春草社的活动。曾先后参与编辑《诗丛》《新诗歌》《大众诗歌》等。1948年赴平山解放区，出版诗集《百丑图》。中华人民共和国成立后，曾在上海新民报社、中央文学讲习所、诗刊社工作过。著有诗集《农村的歌》《化雪夜》《故乡》《春光无限好》《一个花阴中的女人》《故乡》《初雪》以及散文、诗歌评论集多种。

黄　昏

大牯牛滚水回来了，
它的尾巴把太阳扫落土了。

外婆坐在门前的竹凳上，

一只手搓麻线，

一只手还抓谷头在喂鸡子。

蚊虫嗡嗡地朝起王来，^①

隔壁的幺嫂子又在喊宵夜了。

一九四四、八月

选自沙鸥：《农村的歌》，春草社，1947 年

红　花

一、红花

红花开遍官山坡，

红红的花瓣绿叶托，

今年的花儿比往年好，

往年死人没有今年多。

天天太阳落下了坡，

阴惨惨的风声便响在坡脚，

吹落了花叶不知有多少，

只有个新坟的花儿没有落。

---

① 乡下称蚊虫在黄昏时叫为朝王。——原注

新坟埋的是陈幺姐，
小小的红花像她的酒涡，
红花开满了她的坟，
有段伤心事儿听我来说：

二、陈幺姐

陈幺姐好比朵红花逗人爱，
常把一朵花儿在头上戴，
条条的身段圆圆的眼，
年青青像出土的小白菜。

陈幺姐的家好贫苦，
茅棚棚的生活全靠她一手抬，
白发的老娘瞎了一只眼，
寒病又在去年把老爹爹埋。

陈幺姐做了坡上又忙家，
重担子怎能不把她压坏；
"妈！哪时才得天亮呵！"
眼泪水时常流出来。

三、虎溪河

虎溪河里鲤鱼多，
今年做庄稼的更难活！
河东有只张老虎，

有田有势心狠人又恶。

张老虎有个佃客黄二哥，
常来河边把鲤鱼捉，
黄二哥年青无父母，
除了种土只靠做零活。

陈幺姐洗衣在虎溪河，
虎溪河边认得了黄二哥，
陈幺姐洗衣打得水花溅，
点点水花湿了二哥的脚。

四、相好的日子

树到春天要发芽，
蜜蜂儿喜爱的是好花，
黄二哥想着陈幺姐，
闷闷的像蚂蚁在热锅上爬。

想结好瓜要搭架，
想敷个好灶要好泥巴，
陈幺姐欢喜黄二哥，
汉大心直人品也不居下。

虎溪河边不怕太阳大，
一个洗衣一个把网撒，
男的说："我晓得孝敬你的娘。"

女的说："我会经囤你的家。"

五、张老虎

张老虎会享福，
顿顿吃的鸡和肉，
屋头姨太婆有两三个，
虎溪河上下都是他家土。

张老虎势力大，
乡长保长都要听他的话，
不上捐款少上粮，
得罪了他就要坐牢房。

张老虎想陈幺姐，
天天都在编方打条，
眼看幺姐对黄二哥好，
又是痛来又是恼。

六、穷人结亲

穷人结亲好比烧把草，
没有打锣也没有坐花轿，
瓦屋内拜了天地拜了娘，
点了一对蜡烛在香火上。

陈幺姐只穿了双新布鞋，

黄二哥只换了一件夹袄，
打了几斤酒割了一块肉，
悄悄的也没有放一声火炮。

陈幺姐怕羞红了脸，
偷偷斜起眼睛把二哥看；
黄二哥满心欢喜对帮忙的说：
"多喝一杯！把你们偏劳！"

七、洞房夜

冷清清的这间小厢房，
一盏桐油灯只有点点亮，
幺姐靠床边二哥在桌旁，
埋起头怕羞得不开腔。

穷人哪有好日子过，
雨雪大了就休想豆麦长，
忽然砰碰一声房门响，
五六条大汉打进了洞房。

"中签了！要你去剿匪！"
生拉活扯用绳子把二哥绑，
一窝蜂就拖出了房门口，
可怜陈幺姐哭昏倒在门坎上。

八、乌天黑地呵

屋漏又遇到瓢倒雨，
是出洞的兔儿碰见饿狼，
陈幺姐心头好比千针绞，
黑瓮瓮的猛见张老虎在身旁。

"朗个你眼睛也没有长，
跟倒一个穷鬼有啥指望？
我张大爷喜欢是你命好，
当个四房还愁没有福享！"

张老虎一股劲扑过来，
一只大手蒙在幺姐嘴巴上，
陈幺姐喊不出一声呵！
只看见一双大眼睛血红发亮。……

九、泪眼中的想念

没有点声音没有人，
只有夜风在吹灯，
陈幺姐坐在床上像根木桩子，
披发白脸好比一个冤魂。

"二哥，二哥——
我哪有脸面对你说！

我们是生的背时苦命哟，
该去吊死呀！去死呀！我——"

"二哥，二哥——
菩萨保佑你平安好过，
你若回来要照顾我的娘呀！
想死你呵！二哥！"

十、新坟

新坟埋在官山坡，
小小土堆有乌鸦去歇脚，
乌鸦的翅膀飞得快，
秋天去了冬天又过。

官山坡上苦事多，
这里常来一个瞎婆婆，
逢人便说她女儿惨，
哭哭啼啼不想活。

红花开遍官山坡，
只有新坟的花更好，
可怜坟头的陈幺姐，
没有开花花就落！

四七、四、二十七夜。

选自 1947 年《新诗歌》第 4 期

沙 坪

|作者简介| 沙坪，生卒年不详。作品散见于《黄河》《战时文艺》《抗战戏剧》《拓荒文艺》等战时报刊杂志。全面抗战初期，曾参加战地文艺宣传活动，不久返回成都，主编《战时文艺》。著有诗集《漳河曲》。

远行人

将心灵的白帆，
驶向冰结的窗前；
昨晚我没有睡，
我追想着：
远外的天。

天上还有白云，
蓝的星星是成串的泪，
为什么竟学会哭呢？

露水结在枕上。

该放开喉咙，
说一声我去了，
而声音却变得喑哑，
就这样脆弱吗？
因为火，
常会热在心里。

多少衔枚疾走的人，
像燃过的蓬草，
暴露在原野上，
那结不完的丝，
焚不尽的梗；
使我贪恋了门外的月亮。

该记得小船上一支桨，
和白马的辔头，
我挺起胸，
在夜风里
　　——就在你的身边，
明天，
却有了远行人。

像丢弃一颗结发的别针，
或者是一个脂粉匣，
你骑着车子出去了。

我挺起胸，

在夜风里，

　　——就在你的身边，

明天，

却有了远行人。

元月四日灯下

选自 1942 年《拓荒》第 1 期

过潼关

披带了崎岖，

是西北的天堑；

千万年都歌唱着：

"一夫当关。"

据说古代李耳，

骑青牛走向流沙

留心着石板上的声音

看华山顶的雪花，

而今烽火连年

用战斗的姿态，

站立在国防前线。

自从风陵渡撤退了

最后的一只灯光；

潼关发出雄伟的力量，

用坚强的骨骼，

披上烟火的衣裳，

在远方，

二千里的战线上，

有中国人争自由的微笑；

振动世界的炮声，

掀起时代的洪潮，

那寒冷的西北利亚人，

那骑士风度的罗马，

那矜夸着新大陆的，

那在海上追求太阳的，

……

都发出抖战，

但是，生长在黄河岸下的中国人！

他们将这声音当作家常，

在炮火中生长，

在战争里歌唱；

铁的列车，

是千万健儿的乳娘，

在漆黑的夜里，

纵横在陇海线上，

没有灯光，

也没有一点烟火，

像荒原的骑兵队，

衔杖飞过。
桥梁破碎了，
炮火摧毁了战士的母亲，
千万人，
披着星月，
完成历史的工程，
在密密的火星里，

　　高歌着
　　用力哟！弟兄，
　　来推转这时代的车轮，
　　敌人的炮火响了，
　　我们跳入沟壕，
　　抽一片工夫，
　　去补修这铁桥，
　　看列车隐隐走过
　　黄河流水萧萧
　　潼关的山林是美丽的，
　　光明在向着我们微笑，
历史使潼关伟大了，
他成了世界的火线，
全人类的钢铁，
都为争自由的建筑者而战。
没有诗歌去赞颂崤嵭，
用火热的心情，
走过潼关。

二十九·三·八·重抄

选自沙坪：《漳河曲》，普益图书公司，1942 年

你又骑马去了

你脱下那双马靴，
说再不骑马，
愿意在另外一群里，
讲说在塞北草原上
古铜色的远征，
和蒙古女郎骑
马的故事，
有时也谈起航海，
以及新鲜
的拉卜楞的风土，
你的话像一只吸不完
的烟斗，
轻快也兴奋了每个年轻人。

你喜欢唱歌一支
关于那在星星底下，
一支曲感动了一个情妇，
在海洋的小船上
三弟兄冒险的歌声，
和黄河岸，
血肉的叫喊
……

这样，

我从那些孩子们口里：

听到你这"骑士"的名字，

就像在深夜，

我看见天幕上的蓝星，

但我却不信你来自沙漠，

因为你没有疲倦，

没有风尘，

也没有揣带一支手杖，

而是那样年轻，聪慧，健康……

然而，

我心里想：

你多像一只翱翔不倦的鸟哟！

却不在晴空飞，

也不宿在树枝上，

偏贪恋林下的露水。

在用丝织的领徽，

和购买勋章的人群里，

你像一只被妒忌的飞禽，

遭来猎人的枪音，

说你太偏急，

　　　太热情，

　　　太真实，

　　　太锋芒。

这些话虫蚀了你的心，

使你忧伤地，

像退了色的花朵，

这里只会开讨论会
　　　　拟政治纲领，
　　　　写演讲稿，
······
就在那天晚上，
你悄悄的穿上马靴，
我在灯下看见你留下的字。
仿佛在长空底下，
茫茫的月色，
正送你挥起鞭子，
你又骑马去了。

　　　　　　　　选自沙坪：《漳河曲》，普益图书公司，1942 年

山 莓

| 作者简介 |　　山莓（1920—1970），江苏邳县（今江苏邳州）人，原名张劲民，又名张舒阳，笔名山莓、舒阳等。抗战时期，曾在第五战区从事宣传工作，为该战区战火社主要成员。1943年到重庆，积极参加大后方文艺界活动。中华人民共和国成立后，在四川音乐学院任教。

绿色的春天（组诗）

绿色的春天

春天来到的时候，
我看见树林在发绿，
河水在发绿，
山峦在发绿，
田野在发绿，
小甲虫在发绿，

连白胡的老头子都在发绿
绿色的血液，
滋润着辛劳的土壤，
土壤里生出来的
是绿色的希望！

红色的知更鸟

冰雪融消的日子，
我看到红色的知更鸟，
带着快乐的歌声飞来，
在透着绿意的柳树上，
浑身燃烧得像一粒红色的火种，
而那歌声也是助燃的。
在蓝天底下，
点燃着人们的战斗的情绪！

蒲公英

在辛劳的土地上，
繁殖着各色的蒲公英，
像杜娟花一样的，
有着过度的喜悦，
和红色的笑！
当春风吹解了河冻，
而蒲公英也是更艳丽的时候
人们的心头上，

将穿起一串快乐的记忆。

河岸上

纯朴的河岸，
披着绿衣，
对着河水笑了，
笑得那么深情，
而不淫荡！

狗奶子，
红得像小姑娘耳朵上的环子，
又像一排排小红铃铛，
多么愉悦啊！

见过水蓼花吗？
红得像火似的，
终天燃烧着水，
使它变成红色的！

拉纤的人儿，
走过来了啊：
裸露着胸脯，
贴紧着砂石！
腿肚子，
都因用力而扭绞起来了：
胳膊上滚着汗珠，

呼吸里带着血丝。

佝偻的背脊，

伸长的脖子，

没有感觉似地，

沿着这河岸一步一步地爬过去。

选自 1941 年《七月》第 7 卷第 1、2 期

邵子南

|作者简介| 　　邵子南（1916—1955），四川资阳人，原名董尊鑫，字少南。1937 年到山西太原，翌年到延安。曾发起街头诗运动，主编《诗建设》，历任西北战地服务团干事、专职团委文艺队长等职。1943 年到重庆担任《新华日报》采访部主任，主编《故事杂志》。1947 年撤回延安，到陕南地区工作。中华人民共和国成立后，历任重庆广播电台台长、中央西南局宣传部文艺处处长、重庆市文联副主席等职。著有中篇小说集《三尺红绫》，短篇小说集《李勇大摆地雷阵》《我们是不同的》，长诗《白毛女》等。主要作品收入《邵子南选集》。

告诗人

岩头诗之一

诗人呵，
让你的诗
站上那跟它一样坚强的岩石上吧。

那是很好的岗位——
保卫边区！

选自魏巍编：《晋察冀诗抄》，中国青年出版社，1959 年

模范妇女自卫队

在铁道上，
在大风砂的日子，
她参加老弱队去打仗了，
她——
　　紧扎着头发，
用小脚，
在大队中行进呀，
象大兵一样，
行进呀！

选自魏巍编：《晋察冀诗抄》，中国青年出版社，1959 年

故乡的诗章

我的故乡是奇异的，

而我是它的奇异的旅客。

我的故乡，
美丽的、奥秘的、绿色的国土，
梅花红了，软雪融在土地上，
在大雾的早晨，橘子象火烧似的，
穿着夹衣就可以过年了，
水汪汪的一条江流，流过江城，永远不结冰。
我曾经在那里生长大。

我开始流浪，
当高利贷债户塞满故乡的时候，
我离开了它。
从明晃晃的大路走向地平线，
我半眼也没望望我的故乡。
故乡是厌倦的狭隘，养不了我。

接着我，我大哥也出了故乡。
　　到都市里，当看门的；
我的三哥当了强盗，赶出故乡，
　　到都市里，当车夫；
我的叔叔当了流氓。

我不爱我的故乡，
我独自走得遥远，一直到海边，
死了似的，一去不回，
我的母亲以为我死了，

替我立了碑，招我的魂。

从此，我爱上了异乡的人民，
用刀子参加斗争；
从异乡走到异乡，
我歌咏，向我的各地来的伙伴。

年复一年，我在异乡，
几万里了，每天改换着宿营地，
我忘了我故乡的事情。
我完全惯了，
一面走着，一面还有了家了。

忽然，我想起了我的故乡，
因为故乡建立了和我信仰不同的王国，
杀我的伙伴的人们在那里强占了。

——我的故乡，要我们互相了解，
除非你变成我的伙伴们的王国！

1941 年 1 月 24 日

选自魏巍编：《晋察冀诗抄》，中国青年出版社，1959 年

白毛女（存目）

深　渊

｜作者简介｜　　深渊（1919—2009），浙江富阳（今浙江杭州富阳区）人，原名孙承勋，笔名有深渊、林冬明、韩盈、迟曼荷等。1946 年后以笔名何满子行世。中华人民共和国成立前，历任衡阳《力报》、南京《大刚报》、天津《益世报》等报记者。中华人民共和国成立后，任震旦大学文学院教授。20 世纪 50 年代受"胡风反革命集团"案牵连，被打成"右派分子"，"文化大革命"结束后就职于上海古籍出版社。出版有《艺术形式论》《文学呈臆编》《汲古说林》《画虎十年》《绿色呐喊》《虫草文集》《如果我是我》等论著。

成都在诗里（组诗）

这座城

"新都新繁一枝花，
温江郫县赛过它，

加上大邑邛州府，

不及成都一条春熙路。"

春熙路

真是条"洋街"呵！

有几百家大铺子，

那里头有精巧的，耀眼的洋玩艺儿，

　　　有闪光的衣料和时装，

　　　有川菜馆和下江吃食店，

　　　有摩登小姐吊在小伙子的膀子上

　　　转着大街……

成都城

　有八家电影院

　两家京戏院

　七个川剧场

　四个公园

　四百五十多个公共厕所，

　还有和公共厕所一样多的

　四百几十家大小茶馆……

成都城

有一千二百多条街，

有八扇城门，

还有为了跑警报而挖通的

　八个城缺口……

成都城

比北平姣小，

比南京秀丽，

比上海老实，

比杭州朴素，

比汉口温静

比重庆古雅……

成都城

南面有秀丽素伟的峨嵋山，

西北方睡着

娇小俊雅的青城山

而锦江轻快的暖流啊，

在盆地里唱着行旅的西部小曲，

成都城，

周围的河水绿沉沉，

云雾阻隔着外围的山岭，

一眼望去有良田千顷……

成都没有冬天，

郊外的树和草从今年绿到明年，

四个季节的风，

都是那样软，

月亮永远照在华西坝，

　　　　青春岛和世外桃源……

文化街

紧挨着百花潭，

新西门吸进了金河的水，

杨柳叶子遮着河西岸，

不让河水和蓝天见面，

金河是弯来弯去，

流进了又流出了少城公园，

河对岸，躺着一条闹中取静的

祠堂街，

祠堂街，

医得了脑子饿，

但是胖子们却不想在这条街上过，

街两面的黑漆牌子上

都有白粉的字在向人招呼：

"本店涌到大批新书！"

新书引诱着青年人的眼，

星期天，

来自城的东南西北角的，

　来自乡间学校里的，

　来自疏散区的，

　来自临近的县份的

年青的学生和公务员，

都蝇子般地挤满了书店……

大公馆

那骄傲地蹲在

柳暗花明的街巷里的辉煌大厦，

在成都，

是格外多啊！

它们的主人

是"急流勇退"了的什么什么将军，

是正在"为国干城"的什么司令，

什么主任，

也有胖起来才不久的经理先生

之类等等……

大公馆的门庭深如海，

里面的东西"门外汉"看不见，

——当然有许多迷人的玩艺儿啰！——

门外面是流线型的汽车，

雄赳赳的卫兵，足球大的电灯……

经过这些大门的行路人

都得恭恭敬敬，

不敢出一点声音……

大胖子从里面出来，

贵妇人从里面出来，

"清客"们从里面出来，

贵妇人不在家的时候

花枝招展的交际花也从里面出来……

电灯夜夜开得很亮，

收音机天天叫得很响，

老爷们，太太们，

越来越白，

越来越胖，

上等人当然只用得着"指挥若定"，

"战"自然要让穷人们去"抗"！……

街头风景线

天空的飞贼，

炸不坏成都的街，

今天是一堆瓦砾，

明天

又从泥土里建出一间大厦，

房子是一天天地多起来，

就连公共厕所也在有计划地

               不声不响地增加。

不知那一个始作俑的发明了

旧物寄卖所，

有传染性似地

弄得遍街的铺面上

都挂满了旧衣服

        旧皮货，

和各色各样的旧家伙……

对照着拥挤在平价米发售处的人们的吆呼，

寄卖所的话匣子唱出了十年以前的恋爱歌！

茶馆里

进出的人像穿梭，

口渴得喝一盏，

口不渴可也得坐坐，

要不，

老长的日子

往哪儿去消磨，

跷起二郎腿嚷嚷吧；

成都人真懂得

做人的乐趣！

肚子是不怕胀的，

茶馆隔壁有的是

为你预备着的厕所。

不知成都人怎么养活他，

这么多的花柳病医师，

这么多的专家，

靠什么来吃饭？

东边是性病圣手×××，

西边也是挂着那

"专治五淋白浊"的大招牌。

私包车

虽然不及小汽车有劲，

可是威风也不轻！

遇见小汽车自然是默默不作声，

但在步行的人堆里

车铃子不免要骄傲地喝到：

"叮当叮！叮当叮……"

坐在私包车里

被拉着跑的小姐们，

　　　　　太太们

虽然并不太年轻，

也都打扮得像妖精，

戴着金手饰的手向外一伸，

右脚浮盖着车铃，

眼睛瞟着十字街头的青年人，

用脚掌发着号令：

"向我看呀，叮当叮！"

饱的刑罚

饭馆门口出了笑话，
一个饿瘦了的汉子
跪在阶沿口，
头上顶着一条板凳，
苦痛的脸上
浮泛着一丝久饿后乍得一饱的惨淡的快幸，
一对枯涩的眼睛，
乞怜地望着来往的行路人。
想在行路人的中间
找出一个救星。
行路人投给他的
是冷酷的鄙视，
是无言的讽刺，
那嬉笑跳跃于街巷的"野娃儿"，
对着这一顿饭的追求者
编唱着挖苦的
        不入调的歌词……
顶板凳是要比挨饿好受呵！
讽刺是要比挨饿好受呵！
羞辱是要比挨饿好受呵！
膝盖磨着地上的石子
也要比挨饿好受呵！
也许要跪到那无偿而得的
一顿饭跪饿了，

才遇到慈善的人布施他偿付一顿饭的

赎罪的钱，

假使不幸，

就得跪到饭店的"开堂"牌，

　　　　　　换上了"毕"

才能得着赦免的福音。

二泉文人

早晨的太阳朝上升，

成都的文化却在往下沉，

纸张油墨

说来价钱也不轻，

但是却出了许多连外国人也不懂的

集子，杂志和单行本。

二泉，

这躲在市中心的

　美丽的茶楼，

是"作家"们的"谈经阁"，

在那里，

一盏香茗，

议论风生，

展开批评呀：

我是左翼，

他是右倾！

高尔基和鲁迅，

也不过像我们这样闻名！

在他们

伟大的"诗人",

一切闻人都是朋友，弟兄，学生，

"我昨天给

茅盾写了封信!"

"我今晚上要写篇稿子

给巴金!"

"萧军这家伙真不够交情，

离开了成都就忘记了人，

都不给我来一封信!"

"喂，我给你介绍

编《文学月报》的罗荪。"……

他们

伟大的"诗人"

明天要在"二泉"召集

座谈会，

后天要发动一个

大论争……

下了茶楼

就翘一翘大拇指：

"哈啰，你看我去跟

那个穿红旗袍的女人……"

伟大呀!

"二泉"的"诗人"们，

你们巧妙地吟出了

"无思之思"

唱出了

"无声之声"
你们永远忧郁地
抚摸着，捧着
"像干涸了的海洋"的
聪明的，伟大的心……

华西坝

月光永远照临在
华西坝，
华西坝，
这美丽的
　大学生的乐土啊，
有年青的歌声，
　年青的脚步，
　年青的故事，
荡漾在柔软的
　　　盆地的风……
教堂的房舍，
大学校的房舍，
外国人的房舍，
水门汀砌着蓝灰的方砖，
大理石衬着黄色的屋檐，
多么地精致而鲜艳，
　　　美丽而庄严，
河流托出
月亮和太阳的影子，

唱出愉快的

　　赞美的曲子。

甬道上

竖立着两座

高入云霄的无线电台，

在无边的蓝空上

划着两条界限，

有白云轻轻地擦进铜铁柱子的顶际，

有苍鹰在它的身上

打着回旋……

夜里，

月光洗白了

闪着油光的大草坪，

绿着草坪的树丛里，

草坪的四角，中心，

晃动着一双双轻巧的人影，

如此良夜？

有喁喁的声音，

随着夜晚花草的香风，

漂流着，漂流着……

在寂静里也听不分明……

美丽的乐土

也曾枪杀过人，

遇难者是年青的

　　　　幸福的宠子呵！

而凶手，

也曾是年青的

幸福的宠子呵⋯⋯

成都啊

成都啊，
你活泼，
你也冷静，
你古老
你也年青，
你迷人
你也迷不了人⋯⋯
成都啊，
有人在你身上
追求麻醉，
也有人在你身上
开辟着自由的田地，
有人在你身上活跃着，
也有人在你身上萎枯了，
　　　　　黯淡了！
　　　　　死了⋯⋯
成都啊，
有人践踏了你
你不作反抗的震动和呼喊；
有人养育着你，
你也像睡熟了似地没有反响，
你怎么不出声，
　怎么不出声呀！

那年青的一代，

他们将离你而去了，

   去了

    去远了……！

成都啊……！

三十年冬天成都

选自 1941 年《战时文艺》第 1 卷第 2 期

水草平

| 作者简介 |　　水草平（1914—2002），四川荣县人，原名钟绍锟，曾用名钟忆萍，笔名水草平、李昂、藻萍、小民、绿衣等。1938 年秋，与柳倩、丁冬、刘正蓬等人在四川荣县成立流火社。其作品多散见于《四川风景》《流火》《笔阵》《挥戈》《新民报》等报刊杂志。中华人民共和国成立后，在四川省邮电学校工作。主要著述收入《钟绍锟诗文选集》。

石　级

梅阴
风动了缨和裙
马嘶了
重叠的苔
石级是油绿的
剥蚀了双扉紧闭的

金色的铠

有力的臂

感到的是

柔细的腰

马嘶了

泪是红色的

密接的胸脯

在最后一级时

　离开了

银戈　雕鞍斜挂的

　个个的蹄声

　斜阳的古道

泪的气息渗入了梅香呢

选自 1936 年 2 月《文艺》第 4 卷第 2 期

逃　亡

背上是沉重的包裹

　或皮包骨的婴童

颠踬的

像长山一林欲睡的枯松

多样的年龄

　（独没个青年汉子）

同具一颗沉重的心

沉重的足

踏着不尽的长途

还抱着枪炮的惊恐

陌生面孔又投点

　　讥笑到心中

看尽朝霞和晚霞

襟里集满刺骨的风，

离开破庙

又宿到长林

颠仆在泥泞古道

难听的是孩子嘶声

　　和老人的呻吟

足上带着泥块

大家挤睡在

　　没当完的破絮中

　　细咬着霉臭的干粮

午夜的枭声

唤起了故乡的回忆

才出土的麦苗

还有那蚕豆秧子

说是为正义的战争

像一只大黑手儿

捏就了一群逃亡的人们

明天还得向前走

可能走尽这陌生的长途否

唯愿故乡得太平

回到故乡还是一个死

选自 1936 年 4 月《诗风》第 2 期